혼적

김종영 자서전

흔적

초판 1쇄 인쇄일 2017년 1월 24일
초판 1쇄 발행일 2017년 2월 10일

지은이 김종영
펴낸이 양옥매
디자인 남다희
교　정 임수연

펴낸곳 도서출판 책과나무
출판등록 제2012-000376
주소 서울특별시 마포구 방울내로 79 이노빌딩 302호
대표전화 02.372.1537　팩스 02.372.1538
이메일 booknamu2007@naver.com
홈페이지 www.booknamu.com
ISBN 979-11-5776-370-2(03810)

이 도서의 국립중앙도서관 출판시도서목록(CIP)은 서지정보유통지원 시스템 홈페
이지(http://seoji.nl.go.kr)와 국가자료공동목록시스템
(http://www.nl.go.kr/kolisnet)에서 이용하실 수 있습니다.
(CIP제어번호 : CIP2017002008)

김종영 자서전

흔적

김 종 영

사랑하는 아내와 늘 내게 희망을 주는 자식에게 그리고
함께 고민하고 일했던 직장 동료들과 아끼는 제자들에게 전하고 싶었다
내가 살아온 여정과 살면서 생각했던 바를

책나무

인생 여정

　평생 일하던 일터에서 떠날 때가 되었을 때, 나는 문득 나를 돌아보게 되었다. 다른 이들이 기억해 주었으면 할 만큼 가치 있는 업적이 없어 스스로 부끄럽고 허전했다. 내 삶의 궤적을 들추어내는 것이 초라하기 짝이 없다. 다만 사랑하는 아내와 늘 내게 희망을 주는 자식에게, 그리고 함께 고민하고 일했던 직장 동료들과 아끼는 제자들에게 전하고 싶었다. 내가 살아온 여정과 살면서 생각했던 바를. 그땐 무슨 생각으로 그리했는지 말해주어야겠다는 생각이 들었다.

나는 훌륭한 아버지, 어머니를 두었다. 그분들은 평생 열심히 일했고 그분들 덕에 우리 형제들은 나름대로 사회에서 바람직한 역할을 할 수 있었다. 그러나 기록으로 남겨진 것이 없어 나는 자식들에게 그분들에 대하여 많은 얘기를 해주지 못한다. 300년이나 400년도 전에 사셨던 조상님의 벼슬을 이야기하며 가문을 설명해야 했다. 그래서 나의 인생 여정 역시 시간이 지나면 영원히 잊혀질까 두려워 기억나는 대로 정리해 보고 싶었다.

이 이야기는 전적으로 나의 이야기이다. 내가 자랄 때 나의 환경과 생각에 대한 것이고 교육자로서의 나의 여정과 생각, 소망에 대한 이야기이다. 나는 평생 많은 꿈을 꾸며 살았고 아직도 꿈을 꾸

며 산다. 생각만 하고 이루지 못한 나의 꿈을 누군가가 대신 이루어주기를 기대한다.

나는 국가와 사회를 위하여 의미 있는 공헌을 하지 못했다. 겨우 가정과 직장 일에만 몰두하면서 살아왔다. 그것조차 나한테는 벅찼다. 나의 자식들을 어떤 인간으로 자라게 하고 어떤 생각을 하고 세상을 살게 할 것인가? 학생들을 어떻게 지도하여야 하는가? 그들이 국가와 사회 어디에선가 자기 몫을 하면서 사회의 구성원으로 떳떳하게 살게 하려면 내가 어떻게 가르쳐야 하는가? 이런 것들이 내 생활의 중요 주제였다.

35년 동안 혜전대학에서 거의 살다시피 생활해온 터라 나의 인생 여정 중 혜전대학은 큰 부분을 차지한다. 나는 국가, 사회, 교육,

가치관, 환경 등 참으로 많은 이야기들을 혜전대학 학생들과 나누었다. 나의 아내 역시 자식들을 돌보며 교육자로 일했다. 그래서 우리는 교육에 대하여 주고받은 이야기가 많다. 나는 아내의 헌신을 늘 고마워하고 감사한 마음으로 살았고, 어린 제자를 사랑하고 정성껏 돌보는 아내를 보며 교육 동반자로서 늘 애틋함을 가졌었다.

　이 책을 읽는 모두에게 세상을 살아가는 데 조금이라도 참고가 되었으면 한다. 그리고 나의 이야기를 화제로 삼는다면 기꺼이 좋은 마음으로 대화를 하고 싶다. 나의 이야기가 나처럼 소소한 인생을 살아온 소시민들에게 이런 기록물 하나씩 남기겠다는 용기를 줄 수 있으면 좋겠다.

2017년 2월 연구실에서

김 종 영

| 차례 |

머리말 인생 여정 4

1.
흔적

2.
아쉬움

茂朱 金氏 道溪公派 21世孫 · 해은공집(海隱公集) 번역본 서문 · 할아버지, 할머니 · 부모님 · 장인, 장모 · 형제, 자매 · 수학여행을 못 가 장군이 되다 · 고교 진학 · 시나리오 작가 · 공주사대 영어 교육과에 입학하다 · 동아리를 만들다 · 학생회장에 당선되다 · 내가 꿈꾸던 한국판 피스코(Peace corp) · 김종필 총리와 만나다 · 10월 유신 · 1973년 봄 축제 · 공주사대 학보 발간 · 중학교 교사가 되다 · 교장선생님의 격려금 5,000원 · 사랑하는 아내와의 결혼 · 함께 걸어요 당신 · 하늘이 내려준 축복 민경이와 양구 · 아이들 결혼하다 · 손주를 얻다 · 덕명 100년의 역사를 정리하다

1.

흔적

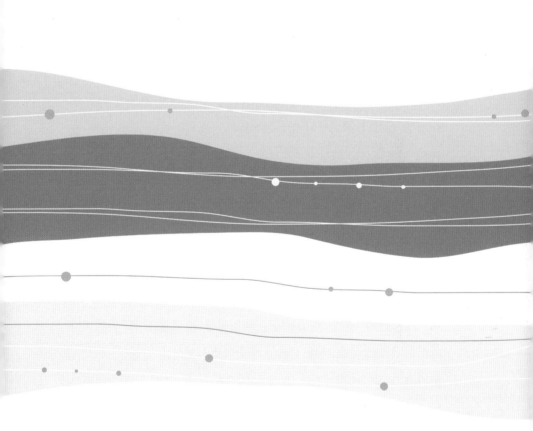

茂朱 金氏
道溪公派 21世孫

　나는 茂朱 金氏 道溪公 派 21世孫이다. 정조 13년(1789년)에 족보가 처음 만들어졌으니 사실 그 이전의 문중에 대한 기록이 어찌 이어졌고 얼마나 신빙성이 있는지 알 수는 없다. 다만 우리 茂朱 金氏의 선조는 신라대보공으로부터 비롯하였고 신라 시대에 여러 왕을 역임하였으며 신무왕의 셋째 왕자 흥광에 이르러 光山 金氏로 호적을 이어오다가 고려 공신왕 때에 제주공에게 茂朱伯을 봉하여 그분이 우리 김 씨의 중시조가 되었다.

　중시조 순춘공께서 조선 태종 때에 보문각 대제학을 역임하셨고 그의 아드님이신 생려(生麗) 할아버지께서는 세종 때 승정원 좌부승지, 예조판서, 홍문관 대제학을 역임하셨다. 4대 감(壋) 할아버지께서는 선략장군을, 5대 선지(善之) 할아버지께서는 집현전 교리를, 한지(漢之) 할아버지께서는 진사를 맡으시는 등 중시조 할아버지부터 5대에 걸쳐 문무에 걸쳐 높은 벼슬을 한, 유력한 집안이었다.

그러다 문종대왕으로부터 단종을 잘 지켜달라는 명을 받고 단종이 세조로부터 왕권을 빼앗겼을 때 사육신과 더불어 단종 복위운동을 하다 발각되어 집안이 멸문하게 되었다.

다행히 아직 성년이 안 된 해은공(海隱公)께서 도성에서 몰래 빠져나와 우여곡절 끝에 안면도로 숨어들어와 신분을 감추고 살았다. 이후 『해은공집』이라는 문집을 내어 이력을 밝히어 전해 내려오고 있어 문중의 뿌리를 찾게 되었다. 비록 원 시조부터의 뿌리의 역사가 정확하지는 않을 터이고 중시조부터의 역사도 정확한지는 알 수 없다. 다만 『해은공집』이 전해 내려와 이러한 사건이 있어서 우리 집안이 어렵게 이어오고는 있었으되 분명히 훌륭한 가문의 인자를 지니고 있는 후예라 생각하고 긍지를 갖고 살아도 될 터이다.

우리 집안은 선대로부터 忠과 孝를 다하는 가문이니 우리 자손들은 집안의 품위를 잃게 하는 행동은 삼가야 할 것이다. 『해은공집』은 책으로 출간되었으니 이를 정독하면 우리 선조의 사상과 철학과 높은 식견을 알 수 있고 나라와 세상을 위해 우리 후손들이 무엇을 해야 하는지 가치관을 세울 수 있을 것이다.

여기에 『해은공집』 번역본의 서문을 소개한다.

해은공집(海隱公集) 번역본 서문

(전략)

海隱公은 비록 역사에 기록되지는 않았지만 위대한 일생을 마친 분입니다.

어느 충신보다도 충성스러운 일생을 보내셨고 어느 학자보다도 학문을 사랑하셨습니다. 소설보다 기구한 운명의 길을 초인의 의지로 개척해 나가셨고 父祖의 遺德을 추모함에 세간의 어느 효자보다 懇切하셨으며 자손의 미래를 위하여 주야 노심초사하셨습니다. 近隣의 존경받는 스승이셨고 지인 친지와의 情誼와 신의는 만고에 귀감이 될 그런 全人이셨습니다.

그분이 남기신 단편적 記實 · 錄이 인멸치 아니하고 오늘 우리 후손들이 나누어 읽을 수 있음은 참으로 다행스럽고 가치 있는 일이 아닐 수 없습니다.

이 글 속에 역사가 있습니다. 이 글 속에 忠孝, 信義, 友愛 등 당시의 가치관의 최고 德이 충만해 있습니다. 이 중에는 모든 독서인에게 깊은 감명을 안겨주는 시와 문학이 있습니다. 이 글 속에는 산과 바다와 숲과 사람들이 아름답게 조화된 그림들이 무수히 담겨 있습니다. 그중에서도 특히 이 글 속에는 가혹한 운명을 극복하면서 인간에게 주어진 사명과 책임을 스스로 찾아 완성해가는 위대한 의지와 심오한 지혜를 지닌 한 거인의 조용한 인생이 담겨 있습니다.

아! 이분이 바로 우리의 선조의 한 분! 이 감동과 감사가 어찌 나 하나만의 감회이겠습니까? 바라건대 모든 우리 무주 김 씨 일가들은 이 책을 두 번 세 번 읽어 외어 앞으로의 삶의 거울로 삼고 집안의 자랑으로 하셨으면 합니다.

(후략)

할아버지, 할머니

　나는 선대 할아버지에 대하여 별로 아는 바가 없다. 선조들에 대하여 내가 기억하는 바로는 할아버지, 할머니부터이다. 그래서 그분들에 관하여 내가 아는 바대로 말해주고 싶다.

　아버지는 2남 3녀 중에 작은 아들이었고 할아버지, 할머니의 넷째 자식이었다. 그래서 나는 아버지 형제로 큰아버지가 계셨고, 아버지 위로 고모 두 분이, 아버지 아래로 고모 한 분이 계셨다. 내가 어릴 때 우리 집은 할아버지, 할머니가 살고 계시는 큰집과 같은 동네에 있었다. 처음에 우리 집은 동네의 제일 높은 곳에 있는 초가삼간 오두막집이었다. 집 앞뒤로 텃밭이 있었고 집 바로 뒤와 옆에 산이 접하고 있었다. 방문을 열면 새들이 들어오는 때도 있었다. 우리 동네 집들은 전부 내려다보였다. 그에 비하면 큰집은 비록 초가집이기는 하나 비교적 규모도 크고 동네 중심부에 있었다.

　할아버지, 할머니는 큰아버지와 함께 사셨다. 할아버지는 언제

김종영 자서전 흔적

나 흰 바지저고리와 조끼를 입고 항상 긴 담뱃대를 물고 계셨다. 우리 집에 오실 때는 장죽을 들고 나타나셨다. 그 모습이 항상 근엄하여 손자로서 쉽게 범접하기 어려웠다. 출타를 하실 때는 흰 두루마기를 입고 검고 둥근 갓을 눌러쓰셨다. 흰 수염을 길게 기르고 계셔서 마치 산신령과 같은 모습이셨다.

할아버지는 큰집 사랑방에 기거하셨다. 큰집 사랑방 밖으로 마루가 있었는데 사람들은 집안으로 들어오지 않고 곧바로 사랑방에 들어올 수 있었다. 사랑방 문은 항상 밖으로 열려 있어서 동네 사람들이 가끔 할아버지 사랑방 문 앞에 들러 문안 인사를 하곤 하였다. 할아버지는 사랑방 마루에서 왕골껍질을 말려 다듬어 자리를 매시곤 하였는데 그런 할아버지의 모습도 품위 있게 느껴졌다. 내가 동생들과 함께 큰집에 가면 할아버지는 방으로 부르시곤 벽장 속에서 찹쌀떡과 한과를 꺼내 우리들 손에 쥐여 주셨다. 아마 누군가가 할아버지께 드시라고 한 것이었을 것이다.

할머니는 늘 일을 하고 계셨다. 봄부터 가을까지는 늘 밭에 계셨고, 겨울에는 삼베나 모시를 짜는 일을 하셨다. 항상 삼 껍질과 모시 껍질을 가늘게 째서 무릎에 올려놓고 손바닥으로 비벼 잇고 계셨다. 이 작업이 끝나면 베틀을 이용하여 삼베 천과 모시 천을 만드는 작업을 하셨다.

할아버지는 양반이셨으나 국운이 급격히 기울어 나라를 일제에 빼앗기기에 이르렀던 1900년에 태어나셨다. 일제 강점기를 어렵게 지내셨고, 해방 후 극심한 혼란과 사상 갈등, 6·25동란과 정치 불안, 군사혁명과 정치적 불안정 등 소용돌이치는 역사의 현장에서 사셨다. 이처럼 삶의 유지조차 힘들었던 시절을 보내시느라 스스로의 행복 추구는 꿈도 꾸지 못하며 사셨다. 더구나 5형제 중의 막내아들이었으니 증조할아버지로부터 많은 유산을 받지 못하였을 테고 어려움을 벗어나기는 더욱 어려우셨으리라.

아버지께서 내게 들려주신 바에 따르면 할아버지께서 제일 잘못한 일은 아버지를 가르치지 않았다는 점이다. 아버지는 일제치하에서 초등학교를 졸업하셨는데 머리가 좋고 똑똑하여 반장을 많이 하였고 공부도 잘하였다고 했다. 공부를 계속하였다면 사회에 크게 공헌하실 수 있었을지도 모른다. 그러나 할아버지께서는 진학을 하고 싶어 하는 아버지에게 '너는 이미 많은 것을 알고 있어 학교에 가서 더 배울 것이 없다.'고 하시며, 학교에 다닐 필요가 없음을 강조하셨다 하니 무척 아쉬운 일이다. 아버지는 자신이 초등학교만 겨우 졸업하고 상급학교에 진학하지 못한 게 한이 되어 우리 형제들을 혼신의 힘을 다하여 대학교 교육까지 마칠 수 있도록 하셨다.

아래에 너희가 태어나기까지의 가계도를 정리하여 보았다.

■ 家系圖

관계	이름	출생	사망	직업	산소
조부	思吉	1897년 3월 1일(음)	1964년 3월 9일(음)	농업	홍성군 구항면 마온리 온요 뒷산 64번지
조모	連山徐氏	1894년 4월 5일(음)	1971년 11월 11일(음)		
부	正載	1930년 10월 28일(음)	1992년 5월 8일(음)	도자기술자 · 농업	홍성군 광천읍 벽계리 茂朱 金氏 납골당
모	徐安順	1927년 9월 6일(음)	2014년 7월 4일(음)		
장인	朴桂海	1929년 6월 13일(음)	1998년 1월 11일(음)	농업 · 통일 주체 대의원	홍성군 결성면 성호리 후동 집 뒷산
장모	黃順姬	1929년 2월 27일(음)	2004년 8월 16일(음)		

부모님

　아버지(正載)와 어머니(徐安順)께서는, 두 분 다 일제 강점기에 태어나 겨우 초등교육을 받고 해방을 맞이하였다. 해방 후에도 나라 전체가 경제적으로나 사회문화적으로 열악한 혼란을 겪고 있었다. 청년이 되었을 즈음 6·25전쟁이 일어나 전쟁에 참여하는 등 어려운 시대에 젊은 시절을 보냈다.

　아버지는 17세에 결혼하셨다. 그때 어머니는 20세이셨다. 결혼하여 신혼방으로 꾸민 공간은 겨우 한 평이나 될까 싶은 큰집의 작은 골방이었다. 후일 내가 가서 본 그 골방이란 것은 큰집 안방을

김종영 자서전 흔적

통하여 들어가야 하는 아주 좁디좁은 방이었는데 거기서 나의 형과 내가 태어났다는 것이 놀라웠다. 아버지께서는 경제적으로 독립을 하지 못하여 큰집 골방에서 다른 많은 가족과 함께 살았다.

6·25전쟁이 터지자 아버지께서는 해병대에 입대하여 전투에 참여하셨다. 전쟁 중에 어떤 전투에 참여하셨고 어떻게 살아남았는지 나는 알지 못한다. 나는 51년생이므로 동란 중 아버지께서 전투 중일 때 태어났다.

아버지께서 전쟁터에서 돌아오신 후 우리 집은 그 마을의 제일 꼭대기에 있는 초가삼간 오두막집으로 분가를 하였다. 내가 어렴풋이 기억하는, 철이 들 무렵 살고 있던 곳이 그곳이었다. 우리 집 담 뒤로는 산이 있었고 고개를 넘으면 옆 동네로 갈 수 있었다. 문을 열고 마당에 서면 우리 동네 모든 집들이 다 내려다보였다. 그러나 어렸던 나는 집들이 옹기종기 모여 있는 동네에는 내려가보지 못했다.

가난한 살림을 가지고 아버지께서는 분가하셨는데 열악한 환경 속에서도 동생들이 2년이나 3년 터울로 태어나 식구는 계속 늘었다.

나는 어릴 땐 우리 집이 가난하다는 것을 몰랐다. 어머니께서는 늘 무언가 일을 하셨고 아버지께서는 시내 도자기 공장에 다니셨다. 초등학교 1학년 때 아버지께서는 아침마다 공장에 가시는 길에 4킬로미터도 넘는 자갈길을 나를 자전거 뒷좌석에 태우고 학교에 데려다주시고 출근하셨다. 자전거 의자에는 쿠션이 없고 길도 포장이 안 된 울퉁불퉁한 자갈길이어서 늘 엉덩이가 아프기는 하였지만 아버지께서 태워다 주시는 것이어서 나는 그게 기뻤다. 덕분에 나는 학교에서 가장 멀리 떨어진 곳에 살고 있었는데도 학교에는 제일 먼저 왔다. 당시에는 몰랐지만 나중에 시내에 이르기 전 고갯길을 넘을 때마다 아버지께서 나를 자전거에 태워 주신 일이 생각났다. 그러면서 십리나 되는 비포장 길을 데려다주신 일이 얼마나 어려운 일이었을까 마음속으로 눈물을 흘리곤 하였다.

아버지께서는 늘 밤늦게 오셔서 늦은 식사를 하시곤 하였다. 그렇게 성실하게 일을 하시고 절약하시어서 식구가 많이 늘었음에도 내가 초등학교 2학년 때 우리는 마을의 중앙에 있는, 당시로써는 비교적 크고 깨끗한 집으로 이사를 하였다. 마치 대도시에 온 기분이었다.

부모님은 끈질긴 노력과 절약으로 매년 조금씩 농사터를 사들였다. 우리는 멀리 떨어진 초등학교나 혹은 중학교를 다니면서도 하교 후에 집에 오면 무슨 일이든 집안일을 하여야 했다. 밭에 나가 밭을 매거나 냇가에 매여 있는 소를 끌고 다니며 길가에 풀을 뜯게 하거나, 꼴을 베어 소나 돼지를 주었다.

내가 초등학교 다니던 시절 아버지께서는 천안에 있는 도자기 공장으로 직장을 옮겨 우리는 한 달에 한 번쯤 아버지를 뵐 수 있었고 집안일이나 농사일은 어머니께서 하시게 되었다. 그렇게 몇 년인가 지난 후 더 많은 농사터를 마련하시고 집에서 본격적으로 농사일을 하셨다. 아버지께서는 집에 오신 후로도 농사일만 하시지 않고 가마니 짜기나 주변 사업장에서의 노역 등 닥치는 대로 수입이 되는 일을 하셨다. 아버지께서는 5남 2녀의 자식을 두었는데 그 자식들이 대부분 공부도 잘하여 모두 다 상급 학교에 보내야 했기 때문이다.

　부모님께서 농한기에 제일 많이 한 일은 가마니 짜기였다. 당시에는 비닐포대가 나오지 않던 시대라 짚을 이용하여 가마니, 멍석, 삼태기, 바구니, 방석 등 여러 가지 물품을 만들어 썼는데 그 중 돈이 되는 것은 가마니였다. 우리 동네 사람들은 가마니를 많이 짰는데 우리 집은 가마니를 많이 짜서 파는 집에 속했다.

　내가 새벽 4시나 5시쯤 일어나 보면 우리 부모님께서는 등잔불을 켜놓고 어둠 속에서도 가마니를 짜시곤 하였다. 희미한 등잔불 아래서 어떻게 바늘대질을 할 수 있었을까? 가마니를 짜기 위해서는 가마니틀에 새끼를 늘어뜨리고 한 사람은 바디질을 하고, 한 사람은 바늘대질을 하며 가마니 새끼 사이로 짚을 한 올씩 넣는 작업을 해야 하는데 워낙 숙련된 분들이라 어둠속에서도 일을 잘하셨다. 어둠 속에서 떡을 고르게 썰 수 있었던 한석봉의 어머니처럼.

　두 분은 낮에는 물론이고 밤늦게까지 가마니를 짜셨다. 바늘대질보다 바디질이 힘이 더 들었는데 힘이 나은 아버지가 오히려 바늘대질을 하였다. 바늘대질 기술이 어머니보다 더 나으셨기 때문이었다. 어머니는 손목이 아프다고 늘 말씀을 하셨던 것이 기억난다.

　가마니를 짜려면 할 일이 많았다. 우선 짚을 가지런히 추려 떡메를 사용하여(우리는 이것을 메텡이라 불렀다. 나무로 만든 큰 망치이다) 짚을 부드럽게 하여야 했고 가마니틀에 넣을 수 있게 가늘고 튼튼하게 새끼줄을 꼬아야 했다. 부모님은 가마니 짜기에 늘 바쁘셨고, 나머지 일을 우리 자식들이 많이 도와 드렸는데 어쩌다 보니 우리 형제들의 가마니 새끼 꼬는 기술이 웬만한 동네 어른에 못지않았다. 나는 중학생일 때 종종 사랑방에 가서 동네 어른들과 새끼를 꼬았는데 보통 밤 12시경까지 새끼를 꼬았고 어른들보다 잘하였다.

내 바로 아래 여동생과는 가마니 짜기도 하였다. 우리가 중학교 다닐 때였는데, 여동생이 중학교 1학년 때쯤이었을 때다. 내가 좀 더 기술이 있어서 바늘대질을 하였고 나이 어린 동생이 바디질을 하였다. 동생은 불평 없이 일을 하였고 우리 기술도 늘어 부모님이 출타하셨거나 다른 일을 할 때는 가마니 짜는 일은 자연스럽게 우리 일이 되었다.

우리는 가마니를 짜서 십리는 떨어져 있는 석면광산에 갔다 납품을 한 적이 있다. 그때 가마니가 많아 아버지 혼자 지게에 지고 갈 수가 없어 내가 일부를 지게에 지고 십 리쯤 되는 광산까지 나르고, 걸어서 학교에 갈 때도 있었고 어떤 날은 농협 창고 앞에서 수매를 한 적도 있었다. 일요일이 장날이면 나도 부모님을 따라 장에 가서 가마니를 팔기도 하였다. 그때 학교 친구를 만나면 좀 창피했다.

우리는 이렇게 부모님을 도우며 자랐다. 부모님께서 우리보고 공부하란 말씀을 하신 적은 거의 없었다. 우리를 꾸짖은 적도 거의 없었다. 우리 모두는 자식과 함께 살기 위하여 헌신적인 생활을 하시는 부모님을 보며 자랐기 때문에 부모님께서 걱정하실 일은 거의 하지 않았다. 우리 형제들이 혹여 잘못하면 서로 나무라고 교정하였다.

아버지께서는 유독 일찍 나약해지셨다. 귀도 어두워지고 야맹증이 있어 야간에 출타를 못 하셨다. 자식으로서 약해지신 아버지를 뵐 때마다 마음이 아팠다. 많은 자녀를 키우시느라 너무 많은 일을 하시고 자신의 몸을 돌보지 않으셔서 몸이 약해지셨다는 생각 때문에 아버지께 미안한 마음을 늘 간직하고 살았다. 나는 차남이었지만 부모님과 가장 가까이 살고 있었으므로 부모님의 상태를 항상 주의 깊게 돌봐야 할 의무가 있었다. 아버지께서 직장암 판정을 받고 치료를 받으러 병원에 다닐 때 승용차로 병원에 모시고 다니면서 아버지와 나는 세상 이야기를 많이 하였다.

"내가 전쟁 중에 제대를 하고 부산에서 집까지 노자 한 푼 없이 몇 날 며칠을 걸어온 적이 있는데 배가 고프면 민가에 들어가서 밥 한술 얻어먹곤 하였지. 우리나라 사람 인심이 참 좋다는 걸 난 그때 알았단다. 전쟁 중에 밥 한술 달라는 자가 나뿐이었겠느냐? 그런데 그들은 짜증을 안 내고 밥을 주더란 말이다."

아버지께서 칠갑산을 넘을 때 하신 이 말씀을, 나는 칠갑산을 넘을 때마다 떠올리게 되었다. 병원으로 오가는 도중에 식사 때가 되어 값이 싸고 밥맛이 좋다는 식당에 들러 동태찌개를 사드렸는데 아주 맛있게 드시면서도 내가 이런저런 비용을 쓰는 것을 미안해하셨다. 이런 아버지께서 63세의 이른 나이에 운명하셨다.

어머니께서는 아버지께서 돌아가신 후 22년을 더 사셨는데 늘 일찍 돌아가신 아버지를 못 잊으셨다. 어머니께서는 아버지의 이른 죽음이 한이 되어 즐겁게 사시지 못하였다.

아버지께서는 비록 학력이 짧으셨으나, 한글과 한자를 알고 계셨다. 새로운 문명도 잘 받아들여 여러 가지 일을 하셨다. 東學에 관련된 공부도 하셨다. 큰아버지와 함께 한문으로 된 동학 서적을 붓으로 일일이 필사하며 공부하시던 모습을 나는 어릴 때 본 적이 있다. 비교적 오래 사신 큰아버지를 아흔이 넘은 연세에 뵐 때마다 동학 관련 필사본을 내놓고 읽으시며 '요즘 이 책을 읽어보니 비로소 그 진리를 깨닫게 된다.'고 말씀하시며 내게도 읽어볼 것을 권유하셨다.

한편 아버지께서는 족보를 편집하는 일을 맡아 하셨다. 무주 김씨 족보 4刊을 발행하시면서 아버지께서 쓰신 서문을 여기에 소개한다.

凡 天地間에 根源이 없는 물이 없으며 뿌리가 없는 나무가 없을진대, 이는 곧 大自然의 理致라. 하물며 人間이란 그 根源이 더욱 明確한 것인데, 今世紀에 이르러 人間生活이 複雜多端하여지니, 自身의 根源 찾기를 게을리함에 自然 先祖와 親族을 알지 못하니 훌륭한 先祖가 있을진대 무슨 자랑이 될 것이며, 賢明한 子孫이 萬代에 繁昌한들 무슨 所用이 있겠는가. 참으로 가슴 아픈 일이다.

族譜란 家庭의 大寶典이라. 위로는 先系의 史蹟을 밝히고 아래로는 宗支의 分派를 가르쳐 주는 것으로서 自身의 位置와 親族關係를 明瞭하게 하고 宗親 間에 敦睦을 圖謀하는 데 그 큰 意가 있는 것이라 할 것이다. 우리 茂朱 金씨는 始祖 以來로 五百 有餘 星霜인데 그동안 國事에 參與하여 큰 功을 세우

김종영 자서전 흔적

신 先祖도 많으시고 國事를 걱정하다 被禍 臨形에 一門이 酷禍의 悲慘한 慘死를 當한 先祖도 없지 않았다. 先祖의 學問이 깊고 또한 國家大業에 寄與한 바 크지만, 이를 家門의 歷史에 詳細히 밝히지 못하였음은 後孫들의 學問이 未洽함이요. 또한 隨時로 修譜를 하지 못한 데 그 큰 原因이 되는 것이라 아니할 수 없다. 지난 丁酉 3刊 後로 星霜이 悠久하야 現今에 이르러서는 社會秩序가 날로 더 紊亂하여져서 한 할아버지의 자손이 이름과 얼굴을 서로 알지 못하게 되었으니 今次 修譜를 하지 않으면 將次 큰 混亂을 면치 못할 것이라 생각하여, 지난 10월 宗親會에서 吾의 從兄 德載 씨의 發議에 宗親 多數의 贊意로 始終 開役하야 嚴冬雪寒에도 不顧하고 그 散居하는 宗親들을 순방하여 修單 蒐集에 積極協力해주신 族叔 思逸 씨, 思俊 씨, 思濂 씨, 舍兄 昌載 씨, 從兄 興載 씨, 族兄 好載 씨를 비롯 族姪 鍾太 씨, 鍾宅 씨, 諸位께 深心 그 勞苦의 謝意를 表하는 바이며 特히 老年의 몸으로 우리 家門의 未來를 心慮하사 不顧家事物心兩面으로 修譜하는 데 獻身하신 從兄 德載 씨가 아니었던들 今次 修譜는 難望이었으리라. 確信컨대 後 賢者는 그 偉大하신 課業에 勞苦를 永久不忘致賀하여야 할 것이다. 그리고 舊譜에 이어 3刊 譜에 이르기까지 漢文으로만 記述했던 序文과 祖先의 行蹟文을 從兄 殷載 씨의 飜譯으로 엮어 記錄하였으니, 뒤에 보는 사람 어찌 감탄하지 않으리오. 그리고 昭穆이 뚜렷하지 못한 곳을 亦是 今譜에도 밝히지 못하였으니, 後人은 益深學勉하여 先祖의 昭穆과 偉業을 밝히어 後世에 傳하는 것이 先

祖의 業績에 報答하는 길이요, 또한 우리 家門의 繁華하는 길일 것이다. 今 修譜에 修單 未得으로 載錄치 못한 宗親은 甚히 遺憾스럽기 그지없는 바이다. 族姪 鍾生君과 從孫 漢求의 助役으로 不肖 삼가 主編修役하며 뒷말을 갈음하는 바이다.

檀紀 사천삼백십일 년 戊午 2월

上澣 後孫 정재 謹擇

장인, 장모

　장인 朴桂海 선생은 1929년 6월 13일 홍성군 결성면 성호리 후동에서 종가집 장손으로 태어나셨다. 장인의 조부께서 구한말부터 일본 강점기에 이르기까지 한의원으로서 결성이 큰 고을에서 유명한 한의사로 활약하셨다. 장인께서는 선친이 일찍 돌아가셔서 한의사이신 할아버지 밑에서 귀하게 성장하셨다. 그러나 난세에 시골에서 사셨으므로 교육을 제대로 받지 못하셨다. 성인이 되자 육군에 입대하여 6·25전쟁에 소대장으로 참전하셨다. 그러다 인민군에게 포로로 잡혀 죽을 고비를 어렵게 넘기시고 고향에 돌아오셨다. 그 후 종갓집을 지키시며 면사무소에 근무를 하시고, 동네 어른으로서 지도자 역할을 하며 평생을 보냈다. 통일주체 대의원으로 선출되어 시골 지역 지도자 역할을 하셨다.

　장인어른께서는 나와 세상 돌아가는 이야기를 나누기를 좋아하셨고 우리 아이들을 많이 사랑해 주셨다. 갑자기 암 진단 후 수술을 받고 투병하셨으나 극복하지 못하고 1998년 1월 10일 추운 겨울날 돌아가셨다.

　장모님 黃順姬 여사는 내가 첫선을 볼 때 나를 면접하시고, 우리가 결혼하도록 많은 영향을 미치신 분이다. 체구는 작으셨으나 자립심이 강하고 생활력도 무척 강하셨다. 결혼 후 종갓집 맏며느리로서 집안을 건사하시려고 결성 농가로 들어가서는 대식구를 뒷바라지하며 어릴 때는 해보지도 못한 농사일을 하시면서 자식들을 교육 시키셨다. 교육열이 남달랐던 장모님은 장한 어머니 상을 수상하셨다.

　젊은 시절 홍성읍에서 미용실을 직접 경영하신 적도 있다. 그 밖에도 자식들 교육비를 충당하시겠다며 양봉기술을 배워 양봉도 직접 하셨다. 반찬 솜씨도 좋으셨는데 내가 아내와 결혼한 후로는 장모님께서 담가주시는 조개젓을 좋아 한다는 것을 알고 가끔 담아주셨다. 선천적으로 노래를 잘하시고 감수성이 예민하셨는데 자식들이 장모님을 많이 닮았다.

　일찍이 당뇨를 앓게 되어 병약하셨다. 그럼에도 불구하고 독립심이 강하여 남에게 의지하려 하지 않으셨다. 우리들을 믿어 주셨고,

외손주를 많이 사랑해 주셨다. 당신께서 돌아가시던 날 우리 가족
은 더욱 많이 슬펐다.

장인, 장모님과 처가 형제들

형제, 자매

나는 7남매 중 둘째로 태어났다. 당시엔 7남매를 둔 가정이 흔했다. 그렇지만 농가에서 7남매를 기른다는 것이 얼마나 어려웠을까 철이 들어서야 알게 되었다. 부모님께서 항시 열심히 일하시고 근검절약하는 모습을 보고 자란 탓인지 우리 형제자매들 역시 항시 성실하고 열심히 가사를 도우며 살았다.

새벽에 눈을 뜨면 부모님께서는 논이나 밭으로 나가셨고 겨울에는 등잔불 밑에서 가마니 짜는 일을 하셨다. 이로 인해 많은 식구의 아침 식사 준비를 초등학교 다니는 여동생이 하는 경우도 종종 있었다. 재래식 부엌에서 나무를 태워 가마솥에 밥을 지어야 했는데 키가 작아 부뚜막에 올라가 솥뚜껑을 열어야 했다. 이처럼 형제들 모두 부모님과 합심하여 가사를 돕고 일한 덕분에 7남매나 되는 많은 식구를 부양하면서도 아버지께서는 거의 매년 농토를 조금씩 늘려 나갔다. 이웃 사람들은 우리 집 식구들 사는 모습을 보고 불가사의하다고 말하곤 하였다.

　우리 형제들은 대부분 모범생이었다. 다섯이나 되는 남자 형제들 때문에 여동생들은 대학교에 다니지 못했다. 부모님께서는 딸들에게 그 점을 늘 미안하게 생각하셨다. 나 또한 내 여동생들이 대학까지 다닐 수 없게 된 것을 평생 안타깝게 생각하였다. 남자 다섯 형제는 모두 대학을 졸업하였다. 형과 나, 그리고 막내 동생은 국립사범대학을 졸업하여 교육계에 종사하게 되었다. 당시 우리 모두 교사가 꿈은 아니었으나 가난한 가정형편으로 당시 수업료가 없고 졸업하면 의무적으로 교사로 복무를 해야 하는 사범대학에 입학하였다. 두 동생은 장학생으로 대학을 다녔는데 후일 국가 사회에 유익한 기여를 하였다.

　우리가 살던 옛집은 농가 주택이었는데 마당에 들어서면 누구나 볼 수 있도록 안방으로 들어가는 문 위 벽에 우리 다섯 형제의 사각모 사진이 걸려 있었다. 우리 집에 놀러 온 사람은 허름한 집 문 위에 붙은 이 사진들을 보고 놀랐다. 부모님은 이 사진들을 늘 자랑스러워하셨다.

수학여행을 못 가
장군이 되다

초등학교 6학년 때 우리 친구들은 장항제련소로, 중학교 때는 경주로, 고등학교 때는 설악산으로 수학여행을 갔는데 나는 한 번도 참여하지 못하였다. 세월이 흐른 후, 친구들을 만나 수학여행 이야기가 나오면 난 입을 다물고 있어야 했다.

고등학교 1학년 여름방학에 우리 동네에 공사판이 벌어졌다. 동네 뒷산에 미군 부대가 주둔하고 있었는데 산 정상까지 차가 다닐수 있게 길을 만들고 길옆에 도랑을 만드는 작업이었다. 도랑을 파는 작업을 마을 사람들에게 맡겼는데 작업성과에 따라 품삯을 주었다. 나는 매일 작업장에 나가 한 달 동안 꽤 많은 돈을 벌어서 부모님께 리어카를 사드렸다. 당시의 리어카는 요즈음 경운기와 같은 값어치가 있었다. 이때가 1968년도였고 이 돈이면 수학여행을 가고도 남을 돈이었다. 난 수학여행을 가지 않고 모은 돈으로 부모님께 리어카를 사드린 것이다. 그전까지 우리 부모님께서는 물건

을 지게에 지고 나르셨던 터라 늘 안타까웠는데 마음이 뿌듯하였
었다.

수학여행에 불참한 벌로 담임선생님께서는 나에게 공주 백제문
화제 가장행렬에 병졸로 참여하라고 지시하셨다. 나는 마음이 불
편하였으나 지시를 따를 수밖에 없었다. 그때 병졸 복장을 몇몇 친
구들이 그럴싸하게 만들어주었다. 막상 가장행렬 때는 병졸이 아
니라 행렬을 이끄는 장군으로 나갔다.

고교 진학

   나는 고등학교에 진학할 필요를 못 느꼈다. 경제적으로도 어려웠고, 나 말고도 공부에서나 리더십에서나 뛰어났던 형이 명문 고등학교에 좋은 성적으로 입학하여 다니고 있었기 때문이다. 부모님은 우리 나머지 식구를 먹여 살리며 형을 뒷받침하기도 힘드신 듯했다.

   그래서 나는 중학교 생활을 대충하였다. 나는 이제 막 농촌에 불기 시작한 축산에 관하여 관심이 있었다. 요즈음 같은 기업 축산이 아니고 100마리 정도의 닭을 키우는 일이나 돼지 몇 마리 키우는 수준의 축산이었다. 하지만 당시로는 그 이상의 꿈을 꾸는 것은 상상도 못 했고 일단 소규모 축산을 시작하면 점차 규모를 늘릴 수 있으리라 생각했다. 집 주위에 있는 텃밭에 닭 사육장과 돼지 사육장을 어떻게 만들까 마음속으로 구상하거나 빈 노트에 설계도를 그려 보며 중학생 시절을 보냈다.

고등학교 입학시험이 한 달 남짓 남았을 때, 부모님께서는 극구 고등학교에 진학하라고 하셨다. 그러나 나는 내 생각을 버릴 수 없어서 예산에 있는 농업전문학교(당시 중학교 졸업 후 입학하였으며 5년제였음)의 축산과를 지원하겠다고 하였다. 그렇지만 부모님께서는 대학을 졸업해야 더 큰 발전을 기대할 수 있다고 하시며 형이 다니고 있던 공주사대 부고에 응시하라고 하셨다. 그때부터 한 달 남짓 입시를 대비하였고, 다행히 합격하였다.

시나리오
작가

고등학교 시절 나는 비교적 상상력이 풍부하였고, 객관적으로 볼 때도 현실과는 동떨어진 가상의 세계에서 살고 있었다. 아마도 꿈은 많았으나 여러 가지 형편으로 제약을 받아야 하는 현실에서 도피하고 싶은 욕구 때문이었을 것이다.

중학생일 때 축산을 통하여 경제적으로 독립을 하고 싶었던 욕구가 고등학생이 되어서는 사라졌다. 나름 학교생활에 열심히 적응하여 1학년 1학기 말에 학년 전체 1등도 하였다. 그러다 1학년 말쯤 학업을 포기하고 짐을 꾸려 집에 돌아와 부모님께 약간의 자금만 주시면 서울로 가서 성공하고 돌아오겠다고 강짜를 부렸다. 돌이켜보면 참으로 무모한 생각이었다. 부모님께는 꾸지람만 단단히 들었다.

학교생활을 하면서 내가 할 수 있는 일은 무엇일까? 다시 학교에 돌아왔을 때 할 일 두 가지를 추진하였다. 하나는 청소년 신문

김종영 자서전 흔적

을 만들어 우리나라 방방곡곡 도서 벽지에 있는 학생들도 이를 보도록 하여 변해가는 세상의 정보를 빨리 알게 하여야겠다고 생각하였다. 60년대 후반인 당시로써는 농촌이나 도서 벽지에 사는 학생들은 도시학생들이 쉽게 접하는 정보에 접근할 수 없었다. 이런 학생들에게 유익한 많은 정보를 주고, 그들을 계몽하여 훌륭한 인재로 자라게 하는 데 학생신문이 큰 도움이 될 수 있다고 믿었다. 나는 신문창간에 관련된 서적을 구해보고 중앙 일간지에 의견을 보내 학생신문 창간의 필요성을 주장하기도 하였다.

다른 하나는 무슨 일을 추진하든 돈이 필요하다는 생각이 들었다. 그러던 중 시나리오를 쓰면 돈을 벌 수 있을 것 같았다. 신문에 이따금 시나리오 현상 공모가 있었다. 이 공모에서 1등으로 당첨되면 상당한 현상금을 주었다. 이를 위해 시나리오 창작에 관련된 책을 사서 공부하였다. 당시 영화를 보려면 학교에 허락을 받아야 했는데 나는 몰래몰래 영화관에 가서 내가 쓸 시나리오를 머릿속에 생각하며 영화를 보곤 하였다. 나중에는 시나리오를 몇 편 써서 응모하기도 하였다. 물론 번번이 입상하지 못했다. 다만 나의 학급친구 몇 명이 내가 쓴 시나리오를 읽고 재미있어하고 나를 작가 취급해주었다.

공주사대 영어 교육과에
입학하다

고 3이 되어 어쩔 수 없이 대학입시 준비를 하였다. 나는 부모님이나 누구에게도 말하지는 못했으나 신문기자나 학생신문 발행 등 신문관련 일을 하고 싶었고 대학 진학을 한다면 그 분야로 진학하고 싶었다. 나는 이과에 속해 있었는데 수학을 잘하는 이과 두뇌를 가지고 있어 깊은 고민 없이 이과를 택하였을 뿐이다. 그러나 내가 하고 싶은 일은 문과에 있었다.

내가 원하는 대학과 학과는 서울 사립대학에만 있어 당시 우리 집 경제형편으론 그곳에 진학하겠다고 말도 못 했다. 결국 국립인 공주사범대학에 진학할 수밖에 없었다. 공주사범대학은 지방에 있어서 생활비가 적게 들었고 수업료를 내지 않아서 등록금이 고등학교 수업료보다 쌌다. 과외지도를 하면 생활비는 벌어 쓸 수 있으니 큰돈 들이지 않고 학교에 다닐 수 있었다.

내가 원하는 신문관련 일을 하려면 영어 공부가 도움이 될 수 있겠다는 생각으로 영어 교육과에 지원하게 되었다. 그런데 어학은 국어든 영어든 나의 재주와는 거리가 멀었다. 가끔 전공 선택을 잘 못 했다고 후회를 한 적도 있으나 은퇴할 때까지 전공을 바꾸지 못 했다.

대학 입시를 치르고 별걱정 없이 집으로 돌아와 가마니를 짜는 부모님을 도왔다. 합격자 발표를 기다리는 동안에도 나는 합격 여부에는 별걱정도, 관심도 없었다. 다만 원치 않는 교사로서의 직업을 가져야 한다는 생각으로 불만스러워 하자 이를 아신 아버지께서 말씀하셨다.

"선생님이 된다는 것이 왜 불만인지 모르겠구나. 모든 사람이 다 선생님, 선생님하고 불러주는 선생님이 나는 부럽기만 하던데."

평생 농사꾼으로 사시던 아버지께서는 많은 자식의 교육문제로 선생님을 만나 상의하실 때마다 자식이 선생님이 되면 좋겠다고 생각하셨던 것 같다. 내가 교사의 길로 들어서 어려움이 있을 때마다 나는 아버지께서 그때 하신 말씀을 기억하며 다시금 기운을 내곤 하였다.

동아리를
만들다

대학교에 입학하여 개인적으로 무엇인가를 할 수 있는 시간과 여유가 생기니 고등학교 때 마음먹었다가 묻어둔 학생신문 창간에 대한 관심이 다시 생겼다. 나라를 빨리 발전시키고 튼튼하게 하려면 청소년을 계몽하고 청소년의 힘을 한데 모아야 한다는 생각에 학생신문을 발행을 꿈꾸었다. 그래서 같은 고등학교 출신의 친구를 모아 '밀물회'라는 동아리를 만들어 활동하였다.

나는 밀물이라는 이름이 좋았다. 빠져나가는 것이 아니라 밀려들어 오는 현상이기 때문이다. 첫 번째 활동은 학생신문에 대하여 같이 공부하고 연구하는 것이었다. 우리는 1년 동안 열심히 학생신문의 필요성과 역할, 발행방법 등에 대하여 조사연구를 하였고 기성 기자단이나 교수 등을 모시고 연구 결과도 발표하였다.

당시 공주의 기자단장은 나에게 용두사미가 되지 말라고 충고하였고 대학에서 연구소장을 맡아 다소 도움을 주셨던 교수님도 격려를 하여 주셨으나 애초 꿈과 달리 내가 할 수 있는 일은 별로 없었다.

그러다 대학교 2학년 때 신문 발행의 일을 잠시 미루고 낙후지역의 재건학교 학생들을 돕는 등 봉사활동을 하였다.

학생회장에 당선되다

　나는 외향적인 성격이 아니다. 따라서 어떤 무리의 우두머리가 되어 이끌거나 하지 못한다. 다만 나는 이런저런 꿈이 많고 하고 싶은 일을 버리지 못하고 매달리는 성격이다. 앞장서서 사람들을 이끄는 데 관심이 있는 것이 아니고 어떤 일인가를 추진하여 성과를 올리고 싶어 하는 유형이다. 그런 성격 때문에 나는 초등학교부터 고등학교 졸업 시까지 반장 한번 하겠다고 나서지 못했다.

　공주사범대학은 3학년 1학기 말에 학생 전체 직접선거로 총학생회장을 선출하였다. 학생회장이 되려면 적어도 2학년 2학기부터 출마를 결심하고 이미지 관리나 인간관계 형성 등 선거에 대비해야 했다. 나는 학생회장이 되면 내가 꿈꾸어 오던 신문사 창간을 하는 데 도움을 줄 사람들을 구할 수 있을 것 같았다. 그래서 평소 성격과 달리 학생회장에 출마하기로 결심하였다. 그런데 문제는 선거자금이었다. 나는 선거자금을 스스로 해결해야 했다. 내가 아는 하숙집 아줌마가 하고 있는 계를 통하여 10만 원을 마련하였다. 일종의 차입금이었다. (당시 한 달 하숙비는 5,000원, 다방 커피는 50원이었다.)

선거자금을 벌 목적으로 겨울 방학 때 무작정 서울로 가서 아르바이트를 구하였으나 기거할 데가 없어 독서실을 전전하다 실패하고 잡비만 많이 써서 빚만 늘었다. 우여곡절 끝에 학생회장 선거에 출마하였는데 그 어려운 형편에도 아버지께서 처음에 3만 원의 자금을 지원해 주셨다. 신사복이라곤 동복 한 벌밖에 없어 선거철이 6월이라 무척 더웠는데도 동복을 입고 다니며 선거운동하느라 꽤 고생했다.

그 당시 내가 자신 있는 것은 토론과 연설이었다. 초등학교와 중학교를 시골에서 다닐 때 십리 길을 혼자 오갈 때가 많았는데 그날 배우는 학과와 관련하여 창의적으로 이야기를 꾸며 연설을 하면서 걷는 버릇이 있었다. 그래서 나는 언제부터인가 임기응변식 대화는 자신이 있었다.

결국 학생회장에 당선되었다. 선거 후 빚을 많이 졌는데 아버지께서 상당 부분 청산해 주셨다. "너희 학교는 어찌 그리 인물이 없어서 네가 그 고생을 하여야 하느냐?" 내가 빚에 쪼들려 고생하는 모습을 보고 아버지께서 하신 말씀이다.

내가 꿈꾸던
한국판 피스코(Peace corp)

나는 평생 허황된 명예욕 때문에 무엇이 되고자 한 적은 없다. 학생회장이 되려 한 이유도 마찬가지다. 내가 무엇이 되고자 한 이유는 무엇인가를 해야겠다는 생각이 있어서였다.

70년대 초 우리는 경제적으로 어려웠다. 국민을 계몽해, 무지를 일깨우고 활기를 넣어줘야 할 시기였다. 나는 동아리를 조성하여 벽지 봉사활동을 하고 여러 동아리의 봉사활동을 돕기도 하였다. 그러나 그런 소소한 활동으로는 우리가 빠른 시간 안에 국가 개혁을 달성하기가 어렵다고 여겼고, 국가적인 관점에서 정책적으로 추진하여야 한다고 믿었다.

우리 대학 영어과에는 원어민 교수가 없었다. 우리나라가 얼마나 가난했던지 미국에서 정책적으로, 군대 대신 젊은이를 뽑아 우리나라 같은 후진국에 보내 주었다. 이들은 여러 가지 활동을 했는데 피스코(peace corp : 평화 군대)라 불렸다. 우리 대학에서도 이들이 영어 교육과 강의를 하였다.

　나는 여기서 힌트를 얻어 우리 사범대학 출신은 군 입대 대신에 '국내 평화군'을 만들어 국가에서 체계적으로 이들을 도서 벽지에 투입해 계몽이나 교육 등 여러 가지 봉사활동을 하면 좋을 것 같았다. 젊은이들은 이런 활동에서 얻은 여러 가지 경험을 통해 교육자의 소양을 높이고 애국심도 갖게 될 것이고, 국가에서도 이들을 통해 각종 국가 정책을 효율적으로 수행할 수 있으리라 생각했다. 이러한 아이디어를 관철시키는 데 학생회장이라는 감투가 큰 역할을 하리라 믿고 학생회장이 되려고 하였던 것이다.

　나의 의견에 많은 남학생이 환영하였다. 또한 당시는 군 입대 자원이 많았는데 교육대학에 진학하는 남학생은 군을 면제받던 시절이었으므로 나의 제안은 실현시킬 만한 가치를 충분히 가지고 있었다.

　학생회장이 된 후 나는 당시 국무총리이시던 김종필 총리께 서신으로 국내판 피스코에 관한 내 생각을 우편으로 전하였다. 한참 후 학장님이 나를 불러 가보니, 총리실에서는 위계를 지키지 않았다는 꾸지람뿐이었다고 전하셨다. 아마 총리께서는 내가 보낸 제안서를 보지도 않았을 것이다. 나의 훌륭한 제안은 내 머릿속에서만 맴돌다 끝났다. 곧바로 유신독재 시대로 바뀌어 학생들이 창의적으로 무언가 할 수 있는 여건이 되지 못했다.

김종필 총리와 만나다

1972년 여름에 나는 총학생회장 당선인 신분으로 각 동아리별로 시행하는 여러 활동에 적극적으로 참여하였다. 당시 공주사범대학은 각종 동아리를 중심으로 자발적으로 여러 가지 봉사활동을 하였다. 당시 우리나라는 경제적으로 낙후되었을 뿐 아니라 농촌이나 어촌 등 도서 벽지의 환경이 열악하고 주민의 민도도 낮아 교육과 도움을 필요로 했다. 우리 봉사활동은 대개 농촌 벽지에 들어가 주민을 대상으로 야학을 하거나 길을 닦아주고 화장실이나 우물 주변을 청소하고 문패를 달아주며 농촌 일을 도와주는 일 등을 하였다. 여름방학은 봉사활동에 제일 좋은 시기였는데 우리 대학은 1972년 여름방학 봉사활동을 열심히 하였다. 나는 학생회장 당선인 자격으로 모든 봉사활동에 적극적으로 참여하였다. 봉사활동도 보람이 있었으나 무엇보다도 봉사활동 단원들과 대화를 나누는 것이 즐거웠다.

김종영 자서전 흔적

나는 뉴맨캐돌릭이라는 동아리의 봉사활동에도 참여하였다. 이 봉사활동 지역은 공주군 유구면의 한 벽지 부락이었다. 동네에 접근하는 도로도 험하여 당시에는 승용차는 들어가기도 힘든 지역이었다. 우리 대원들은 그들이 할 수 있는 여러 활동을 하고 있는데 갑자기 김종필 국무총리가 전국 대학생 봉사활동을 대표하여 우리가 활동하는 지역에 격려차 오시게 되었다. 당시 교육부 장관이던 민관식 장관과 유재흥 국방부 장관, 김상협 고려대학교 총장(당시 전국 대학생 봉사활동 대장이었음) 등이 대동하기로 되어 있었다. 나는 뉴맨캐돌릭 단원은 아니었으나 봉사활동에 참여하고 있었다. 그런데 대학의 학장과 학생과장, 공주군청과 충남도청 모두 원성이 컸다. 그들은 우리가 봉사활동 지역으로 너무 오지를 선택하여 불만이 많았던 것이다. 높은 분한테 우리 지역에서도 이렇게 낙후된 지역을 보여드려야 하는 것이 못마땅했기 때문이다. 물론 이해가 갔다. 당시는 새마을 운동이 한참인 때이고 앞다투어 전시성 성과를 높은 분께 보이고 싶던 때였다. 그런데 국무총리 등 장관들이 우리 지역에서 가장 오지를 찾아온다 하니 그분들로서는 화가 날 일이었다.

더욱 큰 문제는 국무총리께서 이곳에 오실 수 있도록 도로를 확보하는 것이었다. 조치원에 주둔하는 군부대에서 장비를 가지고 와 하천변을 이용하여 승용차가 들어올 수 있도록 철야 작업을 하였다. 공주군과 유구면과 충남도에서도 급작스럽게 동네 환경을 개선하기 위한 여러 활동이 전개되었다. 우리 봉사대원들이 소도구로 해놓은 여러 성과를 그들이 좋은 장비로 뭉개버린 꼴이 되었다. 그럼에도 불구하고 도로 개선에는 한계가 있어 총리 일행은 헬기를 이용하여 이곳에 오시게 되었고 헬기 착륙을 위해 하천에 헬기장을 마련하였다.

총리 일행이 오는 날 유구면민들은 이 조그만 동네에 총집결하였다. 옷을 깨끗이 입고 심지어는 한여름인데도 흰 두루마기를 입고 이곳 하천변에 나타났다. 충남도와 공주군의 많은 인사들도 우리를 격려차 방문하여 덕분에 라면과 과자, 통조림 등 많은 격려품이 접수되었다.

그때 우리는 봉사활동을 보인다고 삽과 괭이로 마을 길을 닦고 있었다. 한쪽에서는 학장과 도지사, 군수, 소위 지도자들이 총리 일행을 맞을 준비를 하고 있었다. 총리 일행이 도착하여 준비된 자리에 이르고(준비된 자리라야 마당에 의자를 몇 개 갖다 놓은 것이었다.), 총리께서는 학생들과 대화하시고 싶다 하여 우리 대원들은 땅바닥에 주저앉아 대화를 하게 되었다. 나는 정식 대원이 아니어서 발언은 하지 않겠다고 마음먹었으나 대화 도중 우리 대원들의 발언이 미진하다 생각이 들어 할 수 없이 끼어들게 되었다. 나는 다음의 요지로 발언하였다.

"오늘 바쁘신 중에도 저희 봉사활동 현장을 찾아 주셔서 감사합니다. 저희가 하는 봉사활동은 노력봉사나 계몽 등이지만 저희들의 노력이나 계몽의 성과가 이 지역 발전에 얼마나 도움이 되겠습니까? 그래서 별로 가치를 인정받지 못하고 관계기관으로부터 지원을 받기 힘든 면도 있습니다. 그러나 우리가 봉사활동을 통해 누구에게 어떤 도움을 준다는 생각을 하기보다는 이런 활동을 통해 우리가 현장에서 배울 수 있는 점은 무엇인가? 우리가 이런 활동을 통해 얻은 경험을 통해 학교에 돌아가 학습에서 더 배워야 할 점은 무엇인가? 장차 국가 발전을 위해 우리 젊은이들이 준비하여야 할 것은 무엇인가 생각하고 토론할 기회를 갖게 되는 점이 가치 있는 일입니다. 더구나 우리는 장차 나라의 교육 일선에 서야 하는 예비 교사들이기 때문에 이런 활동은 교과서에서 배우는 어떤 학과목보다도 가치 있는 일이 되리라 믿습니다. 그러니 우리 활동을 작업의 성과로 평가하지 마시고 우리들 장래를 위해 좋은 경험을 한다고 여겨주십시오. 그리고 이런 활동이 보다 체계적으로 전개되도록 지원해주십시오."

나의 발언이 끝나지 총리는 아주 흡족한 표정이셨다. 그리고 마무리 훈시를 하셨는데 젊은 학생들과 대화해보니 나라의 장래를 걱정하지 않아도 되겠다고 생각되며 역시 학생들 만나길 잘했다고 하셨다. 당시 민관식 장관은 우리 지도교수를 불러 귓속말을 하셨다. 나중에 그 교수님께서는 장관님이 내 이름을 물어보고 적어두었으니 나중에 좋은 일이 있을 것이라 말씀해주셨다.

그 후로 졸업 전까지 나는 여러 종류의 봉사활동을 열심히 하였다.

10월 유신

　학생회장에 취임한 후 3학년 2학기 때도 평소 구상하던 여러 가지 사업을 추진하고 있었다. 특히 1972년도에는 종합축제를 앞두고 알차게 준비하고 있었다. 10월 16일 밤 나는 동양화를 멋스럽게 그리시는 이정우 교수님과 '餘白의 美'라는 시와 그림 발표를 하려고 시내 다방에서 상의하고 있었다. 교수님과 대화를 나누고 있는데 갑자기 TV에서 계엄령 선포를 알리는 방송이 흘러나왔다. 그 후 모든 대학은 계엄군에 의하여 봉쇄되었다. 나는 학교에 들어가지는 못하고 며칠간 학교 주변에서 맴돌았다. 축제 준비를 거의 다 했고, 준비하느라 많은 돈을 썼지만 많은 학생들이 기약 없이 고향으로 갔고 교수님께서도 학생회장인 나의 신상을 걱정하시며 귀향하기를 종용하였기 때문에 집으로 돌아올 수밖에 없었다.

　집에서 아버지를 도와 날마다 벼 베기 등의 농사일을 하였다. 명색이 학생회장이라고 우리 동네엔 나를 전적으로 감시하는 형사가

김종영 자서전 흔적

파견되어 신고 없이 출타하지 못하게 하였다. 나를 찾아오는 내 친구들도 따돌려야 했다.

1972년도 가을 학기는 학교 문을 닫은 채 흘러가고 우리는 공부한 것도 없이 대충 기말고사만 치르고 한 학기를 마치었다. 애써 당선되어 무엇인가 뜻있는 일을 하려던 학생회장으로서의 한 학기는 그렇게 싱겁게 끝났다. 한 학기의 간부생활은 내가 뜻한 바를 이루기에는 너무 짧아 많은 아쉬움을 남겼다.

1973년 봄 축제

1972년 10월 유신으로 학교생활을 못하고 봄과 가을에 열던 축제를 1973년 봄에 한 번만 열 수 있었다. 나는 1주일간의 행사프로그램을 준비하여 축제를 열었지만 전년도 행사를 못 하고 유신시대로 접어든 데 대하여 불만이 많았다. 행사 팸플릿 인사말에서도 유신을 비판하는 표현을 집어넣었다.

김종영 자서전 흔적

웅 진 사

학생회장
김 종 영

우리의 축제 웅진제가
네돌이 됐다.
창조작을 내고 싶었다.
그리고 성의를 다했다.

처음이라 서투르겠다.
마지막이니 알차게 하고 싶다.
욕심이다.
또 된서리가 내리진 않을테지—
이젠 봄이니까.

소리지르고, 뒹굴고, 싸우고, 뛰고,
잡아당기고, 보고, 느끼고, 말하고,
듣고, 그리고 발표하고
대화하자, 이기자, 지켜보자, 공박
하라,
꼭 보자— 부탁이다.

결국 참여가 문제가 됐다.
해결해보자.
앞뒤에서 성원 해주신 여러분께 감
사드린다.

공주사대
학보 발간

　공주사범대학은 대한민국 수립과 더불어 중등교사 양성을 목적으로 설립되어 1973년에 개교 25주년이 되었다. 짧은 역사임에도 설립 후 곧바로 6·25전쟁이 터져 부산으로 피난 가는 등 우여곡절이 많았다.

　당시 대부분의 기관이 그렇듯이 공주사대도 개교 이래 학교가 운영되어온 과정의 기록이 전무하여 개략적으로라도 대학의 역사를 정리하여 둘 필요가 있었다. 그래서 학생회가 나서서 학생회가 발행하는 校誌를 25주년 기념특호로 발행하고 그 속에 개교 이후의 역사 자료나 증언을 모아 개교 25주년 史를 정리하였다. 이때 공주사범대학 학생회장으로서 교지(공주사대학보 제7집)에 실은 발간사이다.

■ 理想에의 挑戰

人類의 歷史 以來 自然은 一定한 法則에 依해 運動하여 왔고 人間은 時代가 바뀜에 따라 自然法則을 發見하고 이를 應用하였을 뿐만 아니라 급기야 自然을 征服하기에 이르렀다. 今世紀에 이르는 동안 科學文明은 人間生活을 高度로 便利하게 하는 데 刮目할 만한 進展을 해왔다. 그럼에도 不拘하고 安定과 平和, 福祉 等 人類의 理想은 人類社會에 儼存해 있는 現實的 不安과 戰爭, 貧困의 挑戰을 받고 있다. 現代人은 原始人의 自然에 對한 두려움 대신 人間文明에 對한 恐怖感을 갖지 않으면 안 되게 되었으며 人類의 世紀的 指導者는 恒時 이에 警告를 해왔던 게 事實이다.

오늘날 우리가 사는 舞臺는 實로 複雜하고 流動的이다. 人類는 國際社會를 變貌시키고 새로운 國際秩序 形成과 安定, 平和, 福祉를 爲해 熟議하고 있다. 그러나 人類는 生存 이래 繼續 挑戰을 받아온 危險과 不安이 儼存해 있음을 直視하지 않으면 안 되리라.

이러한 때에 公州師範大學은 4半世紀를 맞았다. 過去를 定立하고 우리 나름대로의 價値觀과 情神을 찾아 새로운 進路를 追求할 成年期에 접어든 것이다. 實로 우리 大學은 名實相符한 大學으로서 成長해왔고 이미 輩出된 先輩들은 國家事會에 크게 이바지함으로써 師範大學으로서의 使命을 다하고 있는 것이다.

公州師大人은 成年期를 맞은 公州師範大學과 함께 無限한 矜持를 갖고 學校發展에 새 活力素가 될 뿐만 아니라 國家敎育의 核心體로서 크게 活躍할 것이다.

이러한 時期에 學園의 諸般 活動들과 開校 4半世紀를 이룬 흔적들을 함께 담은 公州師大學報 第7輯의 發刊은 實로 意味 있는 일이다. 特히 이번 第7輯은 定立되어 있지 않았던 우리 歷史를 끈질긴 勞苦로 體系化하였을 뿐만 아니라 創意的인 勞力을 곁들인 特號로 만들게 되었으니 實로 자랑스러운 일이다.

끝으로 編輯을 맡아준 여러분과 指導를 아끼지 않으신 분들 그리고 原稿와 資料를 주신 여러분께 眞心으로 感謝드리며 더욱 훌륭한 校誌가 속속 出刊되기를 비는 바이다.

1973. 9

중학교 교사가
되다

　1974년 2월 대학 졸업 후 바로 군에 입대하였다. 대학 시절에 학
생회장을 하며 사회생활에 다소 눈을 떴기에 군에서 행정병으로 업
무를 수행하는 데 두각을 나타냈다. 상사로부터 능력을 인정받아
사병인데도 자리를 비울 수가 없었다. 사병 포상휴가를 담당하였
는데도 스스로 포상휴가도 못 나오고 일반 휴가도 다른 병사보다
적게 나왔다. 1976년 10월 만기 제대하고 1977년도 3월 충남 교육
청으로부터 태안중학교 영어 교사로 발령을 받고 교사생활을 시작
하였다.

　첫해에 3학년 담임을 맡아 정규 수업은 물론 방과 후 수업이나
야간자습지도까지 수당도 받지 않고 하였다. 학생들과 학부형들도
나를 좋아하여 교사생활이 재미있었다. 부모님께서는 내가 정식
교사가 되어 생활을 잘하는 것을 보고 좋아하셨다.

　나는 교사 생활을 열심히 하였지만 고등학교 때부터 가졌던 학생

신문 창간의 꿈을 버릴 수가 없어서 당시 기성신문과 접촉하여 나의 꿈을 실현시킬 기회를 얻고자 하였다. 그러나 당시 유신헌법에 의한 통치기간이어서 언론통제가 심해 내 생각을 더 이상 진행시키지 못했다.

교사로서 첫 번째 나에게 맡겨진 업무는 수업계였다. 학기 초에 한 학기 운영 할 전교생 시간표를 짜고 매일 매일 수업을 운영하는 일이었다. 보충수업 업무도 보아야 하니 힘들고 짜증났다. 교사가 이런저런 일로 출장을 가거나 병가나 연가 등으로 자리를 비우면 누군가를 대신 수업에 넣어야 하였는데 매일 그런 사정이 발생하였다. 당시는 교사의 수업이나 업무 부담이 많고 代講에 대한 보수가 있는 것도 아니어서 선뜻 맡아주는 교사가 없으니 신입교사가 이런 업무를 맡기란 힘들었다. 당시는 교사 발령이 늦어 태안 같은 오지는 학기가 시작된 3월이 다 가도록 교사가 채워지지 않는 일도 많았다.

교사가 된 지 1년도 안되어 경험이 일천한 나에게 다음 학년도 교육계획을 세우라는 지시가 떨어졌다. 교육계획은 새 학기가 시작되기 전 1년간 학교 전체를 운영할 계획을 말하는데 학교를 운영하는 데 가장 중요한 일이었다. 그래서 보통 학교에서는 능력과 경력 있는 교사가 교무과장을 맡아 주도하여 하는 일이었다. 나는 초임교사였는데도 이 일을 하도록 지시를 받았고 잘 수행하여 인정을 받았다. 부임한 지 2년 만에 나는 부모님이 계신 고향으로 가고 싶은 생각이 간절해 1979년 3월 홍성고등학교로 자리를 옮겼다.

교장 선생님의 격려금
5,000원

    중학생만 가르치다가 홍성고등학교로 자리를 옮겨 고등학교 제자 앞에 서니 나는 상대적으로 체구가 작고 학생들은 덩치가 커서 교실 전면에 서면 위축되는 때도 많았다.

    나는 부모님이 계시는 집에서 통근을 하였는데 자가용이 없던 시절이고 영업용 택시도 탈 수 없는 형편이어서 완행버스를 타고 출퇴근하였다. 통학하는 학생들도 많아 아침저녁으로 버스가 항상 만원이어서 많이 불편하였다.

    나는 인문계 고등학교에서 중요한 업무인 진학지도를 담당하였다. 당시 한 학년 학생 수가 600명이 넘었는데 그들 모두가 좋은 대학에 진학할 수 있도록 지도하고 선도적으로 이끌어야 했다. 또한 각종 모의고사를 주관하여야 하고 대학에 지원할 때 상담 가이드라인을 정하고 직접 진학상담을 맡기도 했다. 나는 아침 일찍부터 보통 밤 10시나 11시까지 학생들 지도에 매달렸다. 내가 이 업무를 맡아 하는 동안 학생들의 진학 결과가 예년에 비해 획기적으로 향상되어 다행스러웠다.

당시의 교장들은 대개 권위적이었다. 내가 모시던 교장님도 교사들의 태도가 마음에 안 드셨는지 교사들의 일 처리에 만족을 못 하시고 지적이 많은 편이셨다. 특히 진학지도를 맡고 있던 나는 중압감을 느끼고 있었다. 그러던 어느 날 이제까지의 진학 지도 결과 자료를 분석하여 보고하라는 지시가 있었다.

나는 군 복무 시 행정에 전념하였기 때문에 연대장의 훈시문 초안을 잡고 인사과장 브리핑 자료를 만드는 등 분석과 정리에는 특기가 있었다. 진학 현황 분석 자료를 잘 정리해 교장님께 보고 드렸더니 검토하신 후 나에게 노란 봉투를 하나 주셨다. 격려금 5,000원이었다. 이 사실을 안 원로 교사 한 분이 자기 평생에 보고를 잘해 격려금을 받는 교사를 본 일이 없다고 놀랐다. 이처럼 보고서를 올려 개인적으로 격려금을 받은 것은 그때가 유일하다.

홍성고등학교에 근무한 지 3년 만에 사표를 내고 혜전대학으로 자리를 옮기자 교장 선생님과 교감 선생님께서 3학년 지도를 걱정하시면서 많이 아쉬워하셨다. 나를 좋아하던 많은 학생들이 혜전대학에 지원하여 혜전대학 개교 첫해 홍성고에서만 130여명이 혜전대학에 지원하였다.

사랑하는
아내와의 결혼

　나이 30세가 되어 집안 어른의 소개로 아내를 만나 약혼하고, 반
년쯤 지난 1980년 2월 24일 홍성 시내의 예식장에서 결혼식을 올렸
다. 결혼에 이르기까지 우리는 변변한 데이트를 못했다. 나는 당시
집에서 부모님과 같이 지냈는데 평일에는 각자 근무를 하여야 했고
주말에는 늘 농사일로 바쁘신 부모님을 도와드려야 했기 때문에 일
요일이라도 약혼자를 만나지 못하였다. 그 당시엔 자가용은 고사
하고 처가에 전화도 없고 토요일까지 둘 다 근무해야 했다. 그러다
보니 시간을 내어 만나기가 쉽지 않았다. 이따금 주말 데이트를 즐
기고 같이 식사하면서 대화를 나누는 게 고작이었다. 요즈음처럼
경제력이 뒷받침되지도 않았고 교통도 불편하였을 뿐 아니라 가난
한 시절이라 분위기 있는 곳도 거의 없었다. 더구나 우리는 둘 다
교사로 일하고 있어서 학생들이나 학부형의 눈에 뜨이는 것도 부담
스러웠다. 여하튼 재미있는 추억을 쌓지 못한 점이 지금도 아내에

게 미안하다.

우리가 결혼할 때는 12·12사태 후여서 청첩장도 못 보내게 하였다. 그 대신 편지글로 결혼 사실을 가까운 지인한테만 겨우 알리고 결혼식을 하였다. 결혼식 피로연을 한 식당에서는 갈비탕만을 팔아주고 다른 잔치음식은 집에서 일일이 준비해서 사용하였다. 우리 부모님은 일곱이나 되는 자식을 결혼시키셨으니 그때마다 잔치를 준비하시느라 얼마나 힘드셨을까?

배우자로 아내를 만난 것은 평생에 제일 큰 행운이고, 내가 제일 잘한 일이다. 아내는 성실하고 바르고 합리적이며 남편과 자식한테 무한한 헌신을 하며 살아왔다. 항상 새로운 반찬을 맛있게 만들어 식사하게 하고 자식들에게 희생적으로 뒷바라지하였다.

특히 교사로서 학생들을 사랑하고 따뜻하고 자상하게 보살폈다. 우리는 둘 다 교직에 종사하여 교육 문제를 날마다 논의하였다. 교육 문제로 고민을 많이 하였고 신념을 지키려고 서로 격려하며 살았다. 아내는 때때로 마주친 어려움을 잘 이기고 교단생활도 열심히 하여 모범적인 교직생활을 하였고 교장으로 승진하여 자신의 교육 소신을 잠시나마 펼칠 수 있었다. 무엇이든 차분히 끈기 있게 열심히 하면 좋은 결실을 맺게 된다는 것을 자식들에게 보여준 자랑스러운 아내이다.

약혼기념 사진   웨딩드레스를 입은 사랑스러운 아내

1993년 2월 하와이에서

함께 걸어요,
당신

우리 함께 걸어왔네.
굴곡진 인생길을.
내가 많이 아둔하여
당신 많이 힘들게 하였소.

어제도 사랑한다 말하고
오늘 또 사랑한다 말하였으나
난 아직도
사랑하는 법을 모른다오.

그 좋던 시절 다 보내고
문득 돌아보니
난 이제야

당신 눈가에 피어 있는
주름살을 보았다오.

여전히 난
사랑이 뭔지 모르나
예쁜 꽃을 보면
꽃다발을 만들어
당신께 주고 싶다오.
향기로운 냄새를 맡으면
한 움큼 담아다
당신께 주고 싶다오.
예쁜 옷을 보면
당신께 입혀 주고 싶다오.
찻집을 지나다
차 향기를 맡을 땐
당신과 함께
차 한잔하고 싶다오.
낙엽이 지는 계절이 오면
오솔길을 함께 걷고 싶다오.
그리운 얘기, 함께 했던 삶의 얘기
밤새 나누고 싶다오.
그때 난
용기를 내어 당신께 말하리다.

고맙다.
사랑한다.

아직도 못다 한 사랑
미련이 없도록
아쉬움이 없도록
남김이 없도록
다해버릴래요.

지금처럼 우리 함께 걸어요.
이제 다 왔다 할 때까지.

김종영 자서전 흔적

하늘이 우리에게 내려준 축복,
민경이와 양구

결혼 이듬해에 딸을 얻었다. 나는 손수 이름을 玟璥이라고 지었다. 옥처럼 빛나고 총명하게 살아가길 바라는 마음에서 옥이 들어간 글자를 선택했다.

민경이가 두 돌이 되었을 때 양구가 태어났다. 양구는 태어나기 전 엄마를 많이 괴롭혔다. 아내는 허리가 많이 아팠는데 태중이라 치료를 맘 놓고 받을 수 없어 고생이 심했다. 아내는 산후 휴가를 한 달밖에 안 주던 시절이라 제대로 쉬지도 못하고 직장에 나갔다.

나는 다행히 대학에서 근무하게 되어 조금 일찍 퇴근할 수 있었고 토요일 근무가 없어서 아이들을 돌볼 수 있었다. 나는 퇴근 후나 주말에 아이들을 데리고 시내 공원이나 길거리 말타기 놀이 등을 찾아다니며 아이들이 놀게 해주었다.

양구 100일 때

대천 해수욕장에서의 즐거운 한때

김종영 자서전 흔적

아이들은 순하고 예쁘게 자랐다. 민경이는 어릴 적부터 똘똘하고 의젓했고 책읽기나 인형놀이를 좋아하였다. 양구는 유치원에서 '혹부리 영감'을 외워서 낭독하는 등 뛰어난 암기 능력을 보여주었다. 나는 아이들과 함께 오래 지내고 싶은 마음에서 아이들을 고등학교까지는 집에서 마치게 하였다. 아이들이 진학 때문에 집을 떠나는 순간 부모와 자식이 함께 사는 것도 끝이라는 것을 경험을 통하여 알았기 때문이다. 민경이는 우리 부부 뒤를 이어 교사가 되었다.

양구는 무역을 전공하였다. 영어능력을 향상시키고 국제적인 안목을 기르기 위하여 캐나다에서의 영어 연수, 뉴욕에서의 청년 해외 인턴과정 등을 마치고 관련회사에 입사하여 임무를 잘 수행하고 있다.

나는 아이들에게 세계의 다양한 모습을 보며 느낄 수 있도록 아이들이 어릴 때 단기간이나마 미국여행을 함께하며 미국가정을 방문하여 그들이 사는 모습을 보도록 하였다. 아이들이 대학생일 때는 유럽 배낭여행을 다녀오도록 하여 우리가 넓은 세상의 한 귀퉁이에서 살아가고 있다는 것을 깨닫게 하였다. 자랄 때 외국여행을 꿈꿔보지 못한 나로서는, 성인이 되어서 넓게 세상을 보는 안목이 스스로 늘 부족하다고 느꼈기 때문이었다.

1994년 샌프란시스코 금문교에서

1994년 오리건 주 방문 시 변호사 Littlefield가족과 함께

김종영 자서전 흔적

2003년도 가족사진

아이들,
결혼하다

　우리 아이들이 배우자를 선택하고 결혼하는 과정에서 나와 아내는 관심을 많이 표명하고 의견을 나누었다. 그러나 아이들이 택하고자 하는 배우자에 대하여 관여하지 않고 아이들의 의견을 존중하였다.

　딸은 한의사와 결혼하였다. 사위는 성격이 원만하고 긍정적이며 큰 욕심 없이 가정적이고 진실한 인상이었다. 한의학 박사로 한의학에 관한 자부심이 강하며 임상을 열심히 하다보면 큰 역할을 하겠다는 믿음을 주고 있다.

　아들은 고등학교 교사와 결혼하였다. 며느리는 생활력이 강하고 매사 자신감이 있어 보였다. 그들은 내가 보기에는 서로 좋은 가정을 이루어 원만한 생활을 할 수 있을 거란 생각이 든다.

　나와 아내가 평생 교육자로 살았는데 딸과 며느리도 교직을 이어가게 되어 교육자 집안의 명맥을 잇게 되었으니 나로서는 다행한

일이다. 너무 욕심부리지 말고 가정을 원만하고 화목하게 꾸리고
자식을 잘 돌보고 제자 지도에 충실하여 작은 성취라도 이루기를
기원한다.

손주를 얻다

딸과 아들이 결혼하고 손주들이 태어났다. 우리가 결혼하여 자식을 만난 지가 엊그제 같은데 세월은 어김없이 나와 아내를 할아비, 할미로 만들었다. 우리 부부는 7남매를 키우느라 뼈골이 닳도록 일만 하시는 모습을 보며 자라기도 했지만, 국가에서 산아제한을 하고 사회 분위기도 그래서 두 자녀만 낳아 길렀다. 아들과 딸이 자식을 더 가질지 어쩔지 나는 알지 못한다. 다만 내 생각으로는 집집마다 형제나 자매나 남매나 두 자녀는 낳아 기르는 것이 아이들의 정서발달에 도움이 될 것이라 믿고 내 자식도 그리 해주기를 소망한다. 그렇다고 내 생각을 강요할 생각은 없다. 그것은 온전히 자신들이 결정할 문제이다.

손주들은 좋은 시대에 태어났다. 우리 어머니들이 살던 시절에는 임산부가 일하다 말고 의사의 도움 없이 혼자 자식을 낳고 변변한 산후조리를 못한 채 다시 일을 했다. 그래서 매년 산 월이 되면 건강이 안 좋아 고생을 하였고 나는 그런 어머니를 보며 많이 죄송했다.

　나의 아내는 교사로 일하면서 출산을 하였는데 출산 전일까지도 학교에 나갔고 출산 휴가를 한 달만 주었다. 한 달 만에 아이를 다른 분한테 맡기고 근무하여야 했다. 그런데 요즈음 산모는 의사의 도움을 받아 출산하고 산후조리원에서 요양을 하며, 공무원은 최소 1년을 아이와 함께 지낼 수 있도록 여건이 바뀌었다. 손주들에게 여간 다행스러운 일이 아니다.

　우리 손주들이 살게 될 세상은 어떨지 궁금하기도 하고 걱정도 된다. 제일 큰 걱정은 우리가 후손들에게 좋은 자연환경을 물려줄 수 있을까 하는 점이다. 우리가 지금 이 방식대로 계속 살아간다면 이 세상은 그들이 살아갈 수 없는 황폐한 세상이 될 것만 같다. 그들이 더 좋은 환경에서 살아가고 또 그 후손들이 더 나은 환경에서 살아갈 수 있도록 절제하고 대비하여야겠다.

덕명초등학교
100년의 역사를 정리하다

   내가 졸업한 덕명초등학교가 2015년 개교 100년이 되었다. 나는 개교 100주년 기념사업회 임원으로 일하게 되어 100年史 편찬을 맡게 되었다. 자료수집의 어려움이 예상되고 쉽지 않으리라는 걸 예상은 하였으나 훨씬 더 이 일은 힘들고 어려웠다. 그럼에도 불구하고 숱한 난관을 극복하여, 비교적 훌륭한 100년사를 만들었다. 여기에 100년사 편찬사와 序詩를 싣는다.

■ 덕명 100년의 역사를 정리하며

덕명 100년의 역사를 정리하여 책으로 편찬하면서 좀 더 알차고 내실 있게 역사를 정리하여 손색없는 덕명 백 년사가 되도록 하겠다는 꿈은 있었으나 그러지 못했다는 아쉬움이 있습니다.

(중략)

덕명 역사를 정리하면서 덕명학교의 전신인 사립 덕명학교를 세우신 일농 서승태 선생님을 알게 되었고 조금이나마 그분의 업적과 철학을 접하고 우리 모교가 더욱 자랑스럽게 느껴졌습니다. 그분의 훌륭한 교육 정신이 덕명초등학교를 받치는 토양이 되도록 우리가 노력하여야겠다는 것을 깨닫게 되었습니다.

우리 모교 100년의 역사는 우리 광천의 역사이고 근세 우리 민족의 역사였습니다. 수난과 역경의 역사였습니다. 무에서 유를 창조해내는 기적의 역사였습니다. 우리의 과거 삶이 궁핍하고 보잘것없었지만 지금 자랑스럽게 내세울 수 있는 창조의 역사, 가치와 철학이 있는 역사였습니다. 그런 의미에서 우리 고향 광천지역의 많은 기억을 이 책에 담기 위해 노력하였습니다.

우리가 함께 뛰어놀고 웃고 울고 뒹굴며 엉켜 어울렸던 교정, 늘 앞산처럼 다가선 오서산, 젓갈 냄새 물씬 풍기던 잃어버린 항구 독배, 섬으로만 알고 소풍을 갔던 피섬, 이런 모든 것들이 추억이 되어 역사 속으로 기록되었습니다.

개교 100년을 맞이하여 우리 모두 힘을 모아 했던 기념행사
는 우리 덕명인 모두가 지난날을 뒤돌아보고 오늘의 성공을 자
축하며 다가올 세기를 기원하는 소중한 행사였기에 그 모든 것
을 소중히 여겨 여기에 수록하였습니다.

　　책을 편찬하는 과정에서 많은 노력에도 불구하고 미진한 점,
잘못 기록된 내용 등이 많을 것입니다. 가까운 장래에 잘못된
부분을 바로잡고 보완하여 더 잘 편찬된 덕명학교 역사책이 나
올 수 있기를 기대하며 이 책이 동문들께서 초등학교 시절을 회
상하는 데 도움이 되기를 기원합니다.

　　100년사 편찬에 도움을 주신 많은 분들께 다시 한 번 감사드
리고 덕명인, 덕명을 사랑하는 모든 분들 항상 행복하시기 기
원합니다. 덕명이여, 영원하라!

김종영 자서전 흔적

■ 자랑스러운 덕명 100년! 영원하라 덕명! 덕명인!

국가의 興亡盛衰는
오직 교육의 興廢에 달려 있다.

국가와 민족보존을 위하여
제도와 사상을 혁신하여 세상의 변화와 함께 가야 한다.

그렇지 않으면 타 국가나 타민족과 경쟁하여 공존하지 못하고
타민족의 下人이 되어 자유를 잃고 壓制에 시달릴 것이다.

나날이 변하는 세상에 나라를 求하기 위해서
우리는 新文化를 배워야 한다.

모두 배워라!
누구든 배워라!
배우고 깨우쳐야 한다.
勤力, 智力, 死力을 다하라.
자유를 알고 국가를 알고 변하는 세상을 알라,

逸農 선생은 시대의 변화를 먼저 깨닫고
興學을 통해 救國을 하고자
자신의 전 재산을 바쳐 德明학교를 창립하여

제자를 모아 新學問을 가르치셨다.

逸農 선생은 死力을 다하여 獻身하였으나

나라를 구하지 못했다.

逸農 선생의 魂이 깃든 우리의 자랑스러운 德明은

이제 100살이 되었다!

15000여 명의 인재가 선생의 遺志를 기억하며

德明에서 자라고 국가 사회에 나가 나라발전에 공헌하였다.

德明人은 기억한다.

우리의 옛 교정과 선생님들과

놀며 뒹굴며 싸우며 함께 자란 친구들을,

오서산의 정기와 독배,

그리고 늘 소풍을 다녔던 피섬의 옛 모습을,

배고프고 가난했던 시절을.

운동장 한쪽에 버티고 서 있어 운동회 때마다

萬國旗 들고 있던 고목나무를,

헌 책, 헌 교복 물려받으며 다녔던 우리 옛 모습을,

갈 데라곤 피섬과 오서산이 전부였던 봄가을 소풍,

그땐 학교 앞에 풀빵 파는 포장집이 있었지.

세상은 변한다.

사상과 문물은 오늘도 새롭게 변하고 있다.

우리 德明人은 항상 혁신에 앞장서

새로운 세상에 앞서가야 한다.

개인의 자유를 지키고 나라의 隆盛에 이바지하기 위해

부지런히 배우고 있는 힘을 다해 노력하여야 한다.

德明이여 영원하라!

광천의 중심이 되어라!

逸農 선생의 遺志를 항상 기억하라!

死力을 다해 棟樑들을 길러내 大韓民國 隆盛하게 하라!

자랑스러운 德明!

100년의 歷史!

영원하라! 德明이여! 德明人이여!

德明 萬歲!

德明人 萬歲!

2.

아쉬움

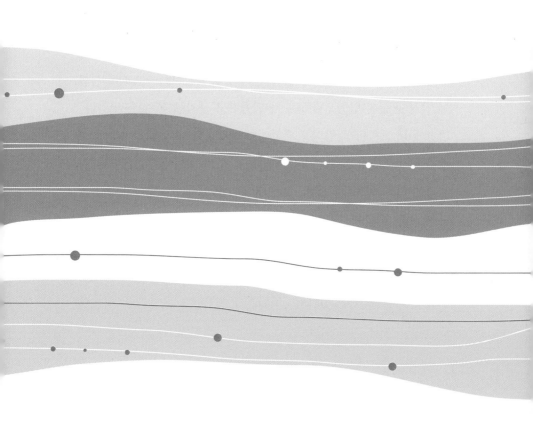

혜전대학 가족이 되다

1981년 내가 홍성고등학교에서 3학년을 맡고 있을 때, 혜전학원 설립인가가 났고 전문대학 설립 준비에 들어갔다. 나는 대학설립에 약간 관심은 있었으나 교수가 되겠다고 생각해 본 일은 없었다. 다만 우리 고향에 설립되는 대학이니 혜전대학 발전에 기여하면 좋겠다고 생각하고 전직을 결심하였다.

혜전대학 교수 사령장은, 1982년 2월 20일 충남식당 2층에서 받았다. 혜전대학은 가인가를 받고 1년도 안 되어 개교하였다. 당장 강의실 건물도 준공이 안 된 상태여서 식당에서 사령장을 받은 것이다. 그날 사람들은 대부분 돌아갔으나 나는 바로 화신여관에서 신입생 모집 전형에 매달렸다. 열흘 동안 여관 바로 앞에 있었던 집에도 가지 못하고 밤낮으로 입학전형 총 책임자처럼 일해야 했다. 밤낮으로 일하다 화장실에서 쓰러질 뻔한 일도 있었다. 이때 이것을 과로에 의한 돌연사라고 하는구나 하고 생각했다.

개교 초기 몇몇 동료들은 자기는 10년 안에 4년제 대학으로 자리를 옮길 계획이라고 말했다. 나는 아무 말 하지 않았으나 퇴임을 하는 날까지 자리를 지킬 생각이었다. 그리고 최선을 다하여 고향에 모처럼 생긴 대학을 반석 위에 올려놓겠다고 결심했다. 유감스럽지만 자리를 지킨 것만큼은 약속을 지켰다.

전문대학이라 함은
통닭전문?

    대학 설립인가가 나고 몇 달 만에 대학교사를 건축하랴 개교준비
를 하랴, 신입생을 뽑으랴 정신없이 보냈다. 어렵게 신입생을 뽑긴
하였는데 교사가 완공이 안 돼서 입학식을 가질 수 없었다. 부득이
입학식을 미루고 학생들을 소집하여 충남방적공장 견학 등 야외학
습을 하였다. 그러다가 1982년 3월 16일 첫해 입학식을 하였다.

    당시는 이종성 이사장님께서 국민당 부총재이자 국회의원이셨
고, 충남방적도 왕성하게 돌아가던 시절이었다. 그래서인지 입학
식에 국회의원 등 많은 외부인사가 참여하였다. 이종성 이사장님
께서는 축사에서 가난한 지역 젊은이들이 객지에 가지 않고도 대
학교육을 받고 사회에 나갈 수 있도록 대학을 설립하였노라 말씀
하셨다. 이어서 대학의 주인은 여기 함께한 대학교 교직원 등 여러
분이니 사명감을 가지고 대학을 발전시켜줄 것과 지역주민이 경제
적으로 어려우니 등록금을 다른 대학에 비해 낮게 할 것이라고 말

씀하셨다.

축사 중에 가장 인상 깊었던 것은 조풍연 선생님의 축사였다. 선생님은 원래 초대학장에 내정되어 개교준비를 해오시던 분이었다. '혜전수당'이라는 명목으로 교수들의 특별수당을 책정하셨고, 개교 초부터 교수 아파트를 짓도록 계획하는 등 교수들의 복지에 신경을 쓰시던 분이었다. 그렇게 개교준비만 하시고 학장으로 취임하시지는 않으셨다. 선생님은 축사에서 '전문이라 하면 통닭전문, 세탁전문, 수선전문 등 전문인을 말한다.'라고 하셔서 사람들이 까르르 웃었다. 사람들은 전문가를 소위 심오한 전문 영역의 학문을 다룬다고 믿고 있다가 하찮은 통닭전문 등을 말씀하시니까 웃겼던 것이다.

나는 선생님의 말씀이 전문대학의 성격을 바르고 쉽게 설명한 듯해 퇴임 시까지 기억하고 우리 대학이 나갈 길이라고 생각하고 살았다. 나는 강의할 때마다 학생들에게 선생님의 전문가론을 자주 설파했다. 전문대학 출신이라면 그가 종사하는 실무적인 분야에 해박한 지식과 기능을 갖추어야 한다고 생각한다.

아쉬움 하나
−천안에 교두보를 마련했다면

충남방적 천안공장에서 근로자로 일하던 학생이 거의 없어지자 천안공장 산업체 부설 중고등학교인 청운실고가 폐교되어 학교건물과 부지가 사용되지 않고 있었다. 이를 활용할 방안을 찾아보라는 지시를 받은 나는 C교수와 다각도로 조사하여 보고서를 올렸다. 나는 그 부지에 우리 대학 사회교육원을 설립하여 수도권을 공략하고, 예식장과 식당 등을 갖추어 학교기업을 시작해보자고 제의하였으나 실현되지 않았다.

기획홍보실장으로 일할 때는 충남방적 천안공장이 문을 닫고 매각하려 한다는 소식을 듣고는 그 부지를 매입하여 먼저의 청운실고 활용방안을 제안하였으나 역시 이때도 받아들여지지 않았다. 그곳은 천안역사에 붙은 금싸라기 땅으로 대학에서 어떤 사업을 하여도 좋았을 부지였다. 나 말고도 나와 같은 제안을 한 교수들이 몇 분 계신다. 이 일은 지금도 아쉬움으로 남는다.

입시홍보의
추억

1984학년도 입시 때였다. 고등학교에 입시홍보 특강을 하기 위하여 가야 했는데 마침 폭설이 내렸다. 당시는 승용차가 없던 시절이라 영업용 택시를 탔는데 3중 추돌사고가 났다. 우리 차가 가운데 끼었으나 다행히 다치진 않았다. 나는 차에서 내려 학교까지 10리 길을 뚜벅뚜벅 걸어갈 수밖에 없었다.

태안여상 특강을 약속한 날에도 폭설이 내렸다. 다음으로 미룰까 하다가 약속을 지켜야 한다는 생각에 직행버스를 타고 태안까지 갔다. 아침 일찍 출발했는데 길이 미끄러워 점심때가 되어서야 도착했다. 터미널에서 내려서도 학교가 언덕길에 있어 가겠다는 택시가 없어 홍보물을 들고 뚜벅뚜벅 걸어갔다. 궂은 날 먼 길을 와준 것에 3학년 선생님들이 무척 고마워하였다. 입시홍보 중에 3학년 교사들과 간담회가 자주 있었다. 이런 자리에서는 으레 소주잔을 주고받곤 하였는데 나는 술을 전혀 못 하여 난감한 적이 많았다.

아쉬움 둘

-4년제 대학 승격계획

이종성 이사장님께서는 국회의원 후보 시절, 국회의원에 당선되면 홍성에 대학을 신설하겠노라 약속했다. 이사장님께서는 당선 후 혜전대학을 설립함으로써 그 약속을 지키셨다. 우선 전문대학을 설립하였으나 종국에는 4년제 종합대학으로 발전시킨다는 목표가 있어서 학교부지를 16만평이나 확보하셨다.

개교한 지 겨우 2년이 되었을 때, 4년제 대학 승격에 대한 학교구성원의 의견이 대두되었다. 지역민들도 바라고 있어 이를 추진하기 위한 근거를 확보해야 했다. 당시 이종성 이사장님께서도 국회위원 재선을 위해 지역의 관심사항을 무시할 수 없었으므로 이 일의 추진에 관심을 보이셨다.

나는 당시 기획실장님의 지시를 받아 우리 홍성지역에 4년제 대학이 필요한 이유에 대하여 조사했다. K교수와 함께 충남도 교육청과 충남서부 6개 시군(홍성, 예산, 서산, 태안, 보령, 서천)을 방문하는 등 여러 자료와 현황을 중심으로 이 지역의 교육적 환경을 조사하고 분석하여 보고서를 완성했다. 그 보고서의 결론은 우리 지역에 4년제 대학 설립이 필요하다는 것이었다.

그러나 4년제 대학으로 승격시키려던 노력들은 이사장님께서 국회위원 재선에 실패하신 후 수면 아래로 가라앉아 버렸다.

아쉬움 셋

−개교 공로자

　내가 혜전대학에서 첫 근무를 시작하고 퇴임을 하는 지금까지 잊을 수 없는 분이 몇 분 있는데, 그중 한 분이 최근배 선생님이시다. 선생님은 성격이 활달하고 소탈하였으며 업무 추진력이 대단하셨다. 혜전대학이 설립된 시초는 선생님과 문교부 차관을 지낸 장기옥 선생님(당시 실업교육국장, 후에 교육부 차관을 지내셨음)이 공주사범대 동기로서 매우 가까웠기에 가능하였다고 본다.

　선생님께서 대학설립에 대한 포부를 품고 이종성 이사장님을 만났고, 그 결과 혜전대학이 설립되었다. 설립인가 과정, 설립준비 과정, 개교초기부터 선생님께서는 헌신적으로 일하셨다. 서무과장의 보직을 맡으며 대학 본관이나 제2강의동 등의 건물을 직접 지휘감독하여 건축하시기도 하였다.

　개교 후에도 휴일도 없이 선생님은 학교 일을 하셨다. 그분의 방에 가보면 늘 건축 설계도면이 있었고 시멘트라든가 철근의 수요를 계산하는 모습을 항상 볼 수 있었다, 선생님께서 조그만 건축회사를 하신 경험이 있어 가능한 일이었을 것이다.

나는 선생님과 업무적으로 많은 교감을 나누면서 대학 발전의 꿈을 같이 꾸었다. 다른 대학의 시설이나 교문 등의 건축물을 같이 탐방하기도 하고, 문교부를 같이 방문하며 학교의 어려운 점을 토로하기도 했다. 또한 교육부로부터 지원을 받을 수 있는 것이 없을까 자문을 받기도 하였다. 선생님께서는 학교의 애로사항이나 요청사항을 해결하기 위해서는 수시로 이들과 대면하는 것이 중요하다고 하였다. 그분은 사람 사귀기를 좋아하셔서인지 문교부에도 아는 사람이 많았다.

내가 학생과장을 맡게 되었을 때 선생님은 아주 좋아하셨다. 그러나 애석하게도 위암 판정을 받으시고 수술을 받으셨다. 투병 중에도 학교에 나오셔서 업무를 보셨다. 투병 중에는 식사를 제대로 못 하셨는데 결성 조그만 식당에서 해주는 굴국을 겨우 드실 수 있어 그곳에 몇 차례 함께 갔었다. 병세가 점점 악화되어 야윈 몸으로 내 사무실 문을 열고 물끄러미 바라보시곤 하셨다. 나는 당시 아버지께서도 암 투병을 하셔서 이래저래 마음이 많이 아팠다. 선생님께서 쾌유되시기를 진심으로 바랐으나 56세라는 이른 나이에 우리 곁을 떠나셨다. 참으로 애석하고 아쉬웠다. 선생님이 정년까지 우리 곁에서 일하셨더라면 우리 대학은 더 빨리, 더 많이 발전할 수 있었을 것이다. 혜전대학에 근무하는 우리는 그분의 공과 열정, 학교를 사랑하던 마음을 기억해 주기를 바란다.

학생시위와
학생과장

　나는 64년도에 중학교 1학년이었다. 광천중학교를 다니고 있었는데 광천 장날인 어느 날 수업 중에 고등학교 학생들이 호루라기를 불며 학생들을 운동장으로 모으더니 광천시내로 구호를 외치며 행군하도록 하였다. 나는 그 구호의 뜻이 뭔지 모르고 영문도 모른 채 따라다녀야 했다. 훗날 그것이 6·3데모라는 것을 알게 되었다. 고등학교 다닐 때는 3선 개헌 반대 데모를 하였다. 물론 따라다니기만 하였다.

　대학 다닐 때는 10월 유신이 터져 전국의 학생회장들이 정권투쟁의 중심이 되면서 정부로부터는 감시의 대상이 되었다. 나는 투쟁세력에 가담하지 않았지만 그 당시 학생회장을 맡았던 터라 감시의 대상이 되었다. 교직의 길에 들어선 이후로는 정치적으로나 이념적으로 중용의 입장을 유지하려 노력하였고 학생들에게도 중용과 통찰력을 갖고 합리적으로 사고하도록 지도하였다.

88올림픽이 끝나고 봇물처럼 학생시위가 활발하던 때 나는 학생과장의 보직을 맡게 되었다. 학생시위가 나를 학생과장으로 만든 것이다. 학생들은 설득되지 않았다. 당시 학생시위는 개별적이 아니고 전국적으로 연대했다. 심지어 시민세력과도 연대하여 어떤 노력도 시위를 억제할 힘을 발휘하지 못했다.

학생과장을 하고 있는 동안 나는 아침 6시경에 출근한 적이 많았다. 관사에서 사셨던 학장님께서 매일 아침 일찍 학교 경내를 살펴보며 산보를 하셨는데 학생들이 대형 걸개그림이나 현수막, 대자보를 여기저기 걸고 붙인 것을 발견하시고 나를 호출하시곤 하였기 때문이다.

한 번은 시위 학생들이 학장실에 난입하는 일이 벌어졌다. 학장실 문이 나무문이었는데 들어가지 못하게 문을 잠갔으나 학생들이 밀치자 쉽게 열려버렸다. 이 때문에 학생들의 학장실 진입을 막을 수 없었고 이후 학장실 통로에 철문이 설치되었다.

나는 언제나 중용의 가치와 타협의 중요함, 경청과 양보, 통찰력 등을 학생들에게 강조하고 어떤 행동이든 행동하기 전에 다양한 관점에서 세상을 볼 수 있는 능력을 기르도록 지도하였으나 학생시위가 한창일 때는 어떤 논리도 설득도 학생들에게 받아들여지지 않았다. 학생시위가 잦아들자 보직을 면하게 되었다. 나는 이처럼 가장 힘든 시절 학생과장을 하느라 고생했다.

주춧돌과
대들보

　요즈음 건축물에서는 주춧돌과 대들보를 찾아볼 수가 없으나 재래식 건물에서는 주춧돌과 대들보라는 것이 건축의 중요 용어였다. 주춧돌은 건물 맨 밑바닥에서 기둥을 떠받치는 받침돌을 의미하고 대들보는 작은 들보의 하중을 받기 위하여 기둥과 기둥 사이에 건너지른 들보를 말한다. 사람들은 나라나 집안의 운명을 지고 나갈 만큼 중요한 역할을 하는 사람을 주춧돌 같은 사람이라 하지 않고 대들보 같은 사람이라 한다. 주춧돌 없이 기둥이 설 수 없고 기둥이 없이 대들보가 올려질 수 없는데 왜 주춧돌 같은 사람이라 하지 않고 대들보 같은 사람이라 할까? 내 생각으론 주춧돌은 보통 땅속에 묻혀 그 존재가 드러나지 않는 데 비해 대들보는 눈으로 보이는 자리에 있어 그 중요함이 드러나기 때문이라 여겨진다.

　김형덕 학장님께서는 내게 주춧돌 역할을 하는 사람이 되라고 자주 말씀하셨다. 나는 대들보보다 드러나지는 않지만 건물의 기초

가 되는 주춧돌 역할이 값어치 있다 생각되어 그러리라고 노력하며
지냈다. 물론 내 스스로는 그렇게 노력해 왔지만 그런 평가를 받을
수 있는지는 모르겠다.

눈에 안 보이는
사람

학생과장을 하고 있을 때였다. 직원들이 내게 와서 학장님께서 자기에 대하여 오해하고 계시다는 하소연을 많이 했다. 내게 그런 말을 하는 이유는 학장님께 자기 하소연을 알려드려 부당한 대우를 받지 않게 해달라는 의도였을 것이다. 그들의 말을 들으니 일견 일리가 있고 이해되기도 했다. 그래서 나는 학장님께, 눈에 띄는 데서 일하는 사람과 보이지 않는 데서 일하는 사람이 있으니 보이는 곳에서 일하는 사람만 높이 평가하면 안 된다고 여러 번 말씀드렸다. 그러나 나의 설득은 주효하지 않았다. 그만큼 사람은 자신의 경험에 의한 인식의 틀을 바꾸기는 어려운 모양이다. 나는 특히 인사권자라면 보이지 않은 데서 열심히 일하는 사람도 있다는 것을 알았으면 좋겠다.

교수협의회

　80년대 말 전국적으로 민주화 운동이 불길처럼 일어났다. 지금까지 학생중심이던 각종 시위활동에 시민이 가세하자 철옹성 같던 전두환 정권도 대통령 직선제 개헌을 받아들였다. 이후 국민의 직접선거에 의해 노태우 정권이 들어서면서 민주화 운동은 각계에서 빠르게 체계를 갖추어 나갔다. 이에 대학교수들도 주체적으로 교수협의회를 결성하여 자신들의 목소리를 내기 시작했다. 이러한 시대적 흐름에 힘입어 우리 대학에도 교수협의회 조직의 싹이 움트고 있었다.

　나는 이런 움직임이 있을 때마다 그 중심에 있다고 오해를 받았다. 아마 대학생 시절에 학생회장을 하였고, 내가 젊은 교수님들의 중심에 있을 거란 생각 때문이었을 것이다. 개인적으로는 대학이 권위적으로 운영되고 있었기 때문에 양식 있는 교수들의 힘이 조직화되어 대학이 민주적으로 운영되는 것은 옳다고 믿고 있었다.

그러던 어느 날 밤에 어디서 무슨 정보를 들으셨는지 학장님께서는 나와 가까운 교수님들을 대천 해변에 초대하여 학교 현안에 대하여 대화를 나누고 싶다고 하셨다. 나는 교수님들 간에 팽배해 있는 요구사항을 수렴하여, 합리적인 요구는 관철되도록 하여야겠다는 판단을 했다. 그래서 학장님과 자정이 넘도록 대화를 나누었다.

당시 우리의 요구는 이런 것들이었다.

첫째, 전문대학 교수의 법정 수업시수는 주당 9시간이나, 대부분의 교수가 합반 수업에 초과수당도 없이 수업시수가 많다. 학교 형편을 고려하여 12시간까지는 기준 수업시수로 받아들일 터이니, 12시간 이상의 초과 수업은 초과수당을 지급하고 초과수당이 지급되더라도 14시간이나 15시간 이상 수업하는 교수는 없도록 하자.

둘째, 학교에 임용될 때 호봉이 반영되지 않아서 교수들 간 불만이 많으니 호봉을 재산정하여 과거 경력이 반영되도록 하자.

셋째, 교수연구실을 2인 이상 사용하는 경우가 많아 학생지도에 문제가 있으니 빠른 시일에 확충하자.

넷째, 교수연구실 난방이 석유 난로인데 환기가 안 되어 건강에 문제가 많으니 난방방식을 개선시키자.

다섯째, 교수수당이 타 대학에 비하여 열악하니 개선시키자.

여섯째, 학교운영을 민주적으로 하고, 교수들과의 대화를 통해 의견을 잘 수렴하자.

이 밖에도 학교와 시국에 관한 여러 이야기를 나누었다.

학장님께서도 우리의 건의를 긍정적으로 검토하겠다고 하셨다. 그러나 우리 학교에는 교수협의회를 결성하려는 실질적인 움직임이 없다고 판단하셨는지 우리의 제의에 대하여 어떤 가시적인 조치를 취하지 않으셨다. 그 결과 교수협의회가 결성되었다.

교수협의회에서 주장한 것은 앞서 논의한 내용과 거의 같다. 협의회가 정식으로 요구사항을 논의할 것을 요구하자 학장님께서는 어느 날 협의회 간부도 아닌 나를 불렀다. 학장님과 나는 여러 문제에 대하여 절충점을 찾기 위한 대화를 나누었다. 학장님 생각으로는 내가 협의회 구성원들을 설득할 수 있을 것이라고 믿었던 것 같다. 이 문제의 중심에 서고 싶지 않았으나 나라도 그러한 역할을 하지 않으면 문제를 풀기 어렵고 분란만 생길 거란 생각이 들었다. 학장님과 논의한 후 다시 협의회 간부들과 조정에 나섰다. 일부 회원들은 나의 이런 행동에 대하여 비난하였다.

연구실 난방, 일주일 중 하루 연구일 활용, 수업시간 조정, 학교 경영 방침 변화 등을 끌어내고 호봉조정은 박사학위 취득 시 2호봉을 추가로 인정하는 것으로 타협안이 제시되었다. 봉급조정은 장기과제로 연구가 진행되는 성과를 냈다. 물론 해결하지 못한 점도 많았다.

교수협의회 활동이 오래 지속되면서 처음과는 달리 특별히 성과를 내기가 어려워졌다. 협의회 유지 자체가 어려워질 즈음 이사장께서 협의회를 해체하고 교수 모두가 단합하면 5,000만 원을 교수 친목회에 기부하겠다 제의하셨다. 우리는 건강이 나쁘신 이사장님의 소망을 받아들여 협의회를 해산했다. 그러나 이사장님께서 약속하신 기부금 출연은 이루어지지 않았고, 우리도 기부를 조르지 않아 결국 무산되었다.

중국 연수를 가다

상해 교통대학에서 학장과 함께(연수단원 일동)

중국은 오랜 공산 독재체제를 종식하고 시장경제를 받아들여 민생을 해결하기 위하여 노력하였다. 우리나라는 이 시기를 놓치지 않고 중국과 국교를 트기 위하여 여러 노력을 하였는데, 그 프로그램 중의 하나가 교수연수였다. 그 당시 나는 전국에서 최초로 보내는 연수단에 참가하게 되었다. 이때 연수를 다녀온 후 느낀 바를 정리한 연수기이다.

대만 광무공업 전과학교에서 교장과 함께(연수단 일동)

지난여름, 문교부 교수 해외 연수단원의 일원으로 중국을 여행할 기회가 있었다. 연수의 목적은 중국의 대학교육 실태 파악과 역사 유적지 관광이었으나 개인적으로는 중국이 우리와 역사상 가장 오랫동안 밀접한 관계를 유지해온 나라였으면서도 해방 후 지금까지 서로 다른 사회체제 때문에 그동안 우리와 전혀 교류가 없었으므로 그들의 일반 생활상을 관찰하는 데 여행의 주안점을 두었다. 특히 오늘날 우리 사회가 경제적으로는 장족의 발전을 하여 일반 국민의 생활이 20년 전이나 10년 전에 비해 상당히 향상되었음에도 불구하고 오히려 계층 간의 불화가 심해지고 이념적 갈등이 새삼 표출되고 있는 시점이기 때문에 사회주의 체제인 중국의 실상을 현지에서 직접 눈으로 본다는 것은 크게 의미 있을 뿐만 아니라 같은 중국이면서 사회체제가 다른 홍콩과 대만을 연결 여행하는 터인지라 그 실상이 확연히 비교될 것이었다. 내가 여행 중 파악하고자 했던 또 한 가지는 중국의 일반 시민과 중국에 살고 있는 우리 교포가 우리 한국과 관련하여 어떠한 인상과 생각을 가지고 사느냐 하는 점이었다.

여행담을 소개하기 전에 말해 둘 게 있다. 중국은 세계 육지 면적의 1/16 정도를 차지하고 세계 인구의 1/4 이상을 차지하고 있으며 5000년 이상의 역사를 가진 나라이기 때문에 짧은 여행기간 동안 중국을 살펴보고 그것이 중국의 전부인 양 말하는 것은 옳지 않으며 더구나 짧은 분량의 글로 그 내용을 전하기란 쉽지 않은 일이라는 것이다. 다만 이 글은 중국의 전모가 아니라 본인이 보고 느낀 것 중의 일면일 뿐임을 미리 밝혀 두고자 한다.

지난 6월 27일 김포를 떠난 KE6135 비행기는 시속 9백km로 질주하여 96분 만에 중국의 상해공항에 우리 일행을 내려놓았다. 거의 반세기 동안 우리에게 굳게 닫혀 있던 중국인지라 호기심을 가지고 주위를 살피며 약간 덜 다듬어지고 덜 정돈된 공항 청사를 빠져나왔다. 공항에서 시내에 들어오는 동안의 상해는 늙은 것과 새것이 혼재된 답답한 도시였다.

상해에서는 상해 교통대학을 방문하여 대학 교육을 살펴보았는데 넓고 공원 같은 캠퍼스가 인상적이었으나 전반적인 교육 시설은 아직 낙후되어 있었다. 이점은 북경의 北京大學, 北京理工大學, 광주의 中山大學 등 모두가 비슷한 인상을 주었다. 우리를 영접한 대학 당국자들은 우리와 아직 국교가 없는 점 때

김종영 자서전 흔적

문에 대대적인 환영은 없었으나 마음에서 우러나는 친절함을 보여주었다.

상해는 중국 제1의 상공업 도시로 많은 공산품을 생산하고 있는데 그들의 일상용품들은 우리가 볼 때 아직 조잡한 단계였다.

번화가로는 영국과 프랑스 등 유럽 열강이 20C 초 중국 진출 시 건설한 南京路가 있는데 시골서 온 사람들이 보고 싶어 하는 거리로 길 양편의 웅장한 건물에 340개 정도의 상점이 자리 잡고 있는 곳이다.

관광지로는 玉佛을 모시고 있는 玉佛寺, 윤봉길 의사가 의거를 한 虹口공원, 상해시 유일의 정원인 豫園 등이 있고 상해 임시 정부 청사로 쓰이던 집이 주택가에 있는데 특별한 보호 없이 민간인이 살고 있는 것이 안타까웠다.

밤에 본 야시장은 비록 그 규모가 작고 차려놓은 야식이 불결해 보이기는 하였으나. 사회주의 체제에서 개인의 이익추구가 가능한 곳이라 생각되어 흥미로웠다.

상해에서 북경까지 가는 비행기에서 내려다본 농토는 넓고 잘 정돈되어 있었다. 북경의 거리는 상해와 달리 넓고 주변의 건물도 높고 쾌적해 보였다. 상해와 마찬가지로 자전거의 행렬은 끝이 없는데 도로 양쪽에 넓게 만들어진 자전거 전용도로가 인상적이었다.

북경은 천년의 王城이라고 하는 바 역사의 무게가 묵직하게 느껴지는 곳이다. 현재도 정치, 경제, 문화 등 모든 면의 중심지로 최근에 건축과 개발이 많이 되어 일신된 도시였다.

북경은 고도답게 수많은 관광자원이 세계인의 관심을 끌고 있는바 대표적인 것으로는 달에서 보이는 인간이 만든 유일한 건축물이라는 萬里長城을 비롯하여 중국 현대사의 진원지가 된 천안문과 그 주변에 있는 인민영웅 기념비, 모택동 기념관, 역사박물관, 혁명박물관, 인민대회장, 古宮인 자금성, 황제가 오곡풍년을 빌었던 명대의 아름다운 건축물인 天壇公園, 명대 13 황제가 묻혀 있는 13陵, 그중에서도 지하 궁전이 공개된 定陵, 또 빼어 놓을 수 없는 곳이 북경시 서북부 교외에 있는 큰 공원으로 頤和園이 있다.

　　서안의 공항청사는 우리나라 시골의 기차역 청사 같은 인상을 주어 청사를 출입할 때 오히려 부드럽고 정감을 느끼게 하였다. 서안은 상해에서의 복잡함도 북경에서의 크고 넓은 인상도 아닌 그저 조용한 옛 도시라는 느낌을 주었다. 서안의 거리는 아직 정돈되지 않은 듯했고 대도시이면서도 차량과 마차가 섞여 있는 도시였다.

　　유명한 관광지로는 삼장법사로 알려진 고승 현장이 불교 법전을 번역하던 곳인 慈恩寺가 있고, 2000년 이상 발굴되지 않은 채로 秦始皇陵이 있다. 1974년 우연히 발굴되었다는 6,000개의 人馬의 무리로 이루어진 兵馬俑坑, 양귀비와 현종이 사랑을 나눈 곳으로 유명한 華淸池, 한 대에서 수, 당, 송 대에 이르는 명필을 새긴 1,095기의 석비가 소장되어 있는 陝西博物館이 있다.

　　홍콩과 인접하고 있어 요즘 개방의 문호로 활기찬 광주는 이제까지의 중국 여행에서 가졌던 인상과는 또 다른 느낌을 갖게 하는 도시였다. 곳곳에 외국과 합작을 알리는 간판이 눈에 띄었고 서방 국가에서는 흔히 눈에 띄는 카바레, 그 속에서 어두운 조명 속에 춤추는 남녀, 우리나라의 가요도 많이 흘러나왔다.

관광지로는 2000년이 넘은 중국의 전제정치의 체제를 무너뜨린 72명의 역사를 기념하는 72 역사박물관, 손문이 중국 대통령이 되어 최초로 연설하였다는 中山 紀念館 등이 있다.

중국에서의 여행을 마치고 들른 홍콩은 화려한 건물과 거리, 상업광고, 활기차게 움직이는 자동차 물결, 분주하게 움직이는 주민들의 모습 등등 이제까지 보던 중국과는 너무나 다른 모습을 하고 있었다.

마지막으로 들른 대만 또한 본토에 비해 엄청난 경제적 성공을 거둔 결과 비록 국토나 인구수가 중국 본토에 비해 보잘것없으면서도 긍지를 가지고 여유롭게 살아가는 모습에서 중국의 사회주의의 역사는 최소한 경제와 개인의 인권적 측면에서만큼은 실패한 역사이고 그럴 수밖에 없겠다는 생각이 들었다.

광활한 농토와 많은 자원을 가지고 있으면서도 기회의 평등이 아닌 결과의 평등을 추구하는 사회가 가져다주는 병폐, 폐쇄와 독재를 할 수밖에 없었던 사회, 그런 사회에서의 시민의 행복은 다만 무지에서 오는 행복일 뿐이고 그들의 자연스러움과 만족감은 더 억압되었던 사회에서 개방의 과정으로 변화하는 과정에서 얻는 조그만 만족일 뿐이라는 생각이 들었다.

이제 조금씩 문을 열기 시작하는 중국은 인구나 자원 등 여러

면에서 저력을 발휘할 때가 있을 것이며 좋든 싫든 우리와 많은 문화적 유대를 맺어온 터이므로 중국의 개방과 발전이 앞으로 우리에게 커다란 영향을 미치리라는 것은 자명한 일이다. 천혜의 기후와 자연을 가진 우리는 우리의 역동적인 힘을 모아 보다 단결하고 근면하여 주변의 변화에 능동적으로 대처하여 조상 대대로 중국의 변방이었다는 인식을 일소하고 우리가 동아시아의 중심축이 되어 부흥하는 국가의 국민이 되기 위하여 아직 더욱 땀을 흘려야 할 때라는 생각이 들게 하는 여행이었다.

김종영 자서전 흔적

온양 그랜드 파크 호텔에서

　김형덕 학장님과는 개인적으로 많은 소통이 있었다. 학장님께서는 학교의 중요 문제에 대하여 나의 의견을 묻곤 하셨다. 교수들이나 학생들의 동향에 대하여도 관심이 많으셨다. 아마 오랜 군 생활에서 익숙해진 성향일 것이다. 소통은 중요하지만 나는 적잖이 스트레스를 받았다. 내가 잘못 말씀드리면 학교 경영에 나쁜 영향을 미치고 동료를 궁지에 빠뜨릴 수도 있기 때문이었다.

　학장님은 여러 사람들로부터 각종 보고를 접하다 보니 나를 통하여 확인하고픈 생각도 있으셨던 것 같다. 나는 경험상 이런 경우 나의 역할이 중요하다고 판단하고 기회가 있을 때마다 교수님들의 장점을 많이 말씀드렸다. 사람에 대한 인사권자의 편견을 줄여보고 싶어서였다.

　나는 학장님께 여러 교수와 대화를 많이 하여 소통하는 모습을 보이라 건의했고, 과별로 저녁식사 자리를 만들어 대화의 시간을 갖도록 하였다. 그럼에도 학장님은 다른 사람의 이야기를 듣기보다는 당신의 생각을 주로 말씀하셨기 때문에 교수들과의 진정한 소통을 이루지 못했다.

자매대학
SWOCC

자매대학은 내가 학생과장을 맡고 있을 때인 1991년에 체결되었다. 자매결연 문서의 교환이나 자매대학 총장 등 일행 방문 시 앞장서서 수고한 사람은 L교수님이다. 1992년 여름에는 L교수님이 학생 연수단과 함께 교환교수로 파견되었다. 그해 2학기에는 자매대학의 Orrin Ormsbee가 우리 대학에 교환교수로 파견되어 학생들을 지도하였다.

1993년 여름에는 내가 교환교수로 자매대학에 가서 학생들에게 한국문화와 역사에 대하여 강의를 하게 되었다. 이때 나는 자매대학이 있는 소도시의 우리 교민들과 함께 교류 사업을 발전시킬 수 있는 터전을 만들기 위하여 노력하였다. 특히 공로가 많았던 경신 씨와 주미 씨, 금연 씨에게 감사패를 만들어 수여하기도 하였다. 지금도 그때의 고마움을 잊을 수 없다.

한편 우리 가족도 초청하여 미국의 여러 친구들로부터 초대를 받

113   2. 아쉬움

아 미국 가정 문화를 체험하는 등 짧은 기간이나마 인상 깊은 시즌을 보낼 수 있었다.

나중에는 SWOCC과의 관계를 중단하자고 주장하는 교수들이 많았으나 나는 계속하여 이 관계를 유지하고 발전시켜야 한다고 주장하였다. 그 결과 우리 대학과 자매대학을 맺은 대학 중 가장 오랫동안 관계를 유지해올 수 있었다.

상징탑 건립

상징동물은 학생과장 시절 학생과 주도로 독수리로 결정하였었다. 그러다가 비서실장을 맡고 있던 1994년 우리 대학 상징동물인 독수리를 조각상으로 제작하여 상징탑을 건립하도록 지시를 받았다.

나는 조소작가 이경우 씨에게 이 사업을 맡겼다. 아직 이름이 알려지지는 않았으나 유명한 지도교수의 상징물 제작을 실제적으로 수행하는 분으로 능력이 출중한 작가였다. 그에게 맡길 경우 그의 지도교수의 지도와 감수를 받으므로 유명교수한테 일을 맡기는 것과 같다고 하여 그를 믿고 이 작업을 맡겼다.

김형덕 학장님은 독수리 상이 완성되기 전에는 믿음이 안 갔던지 나와 작업현장을 가보자고 하셨다. 학장님을 모시고 서울에 있는 작업실을 가 보니 흙으로 빚어 놓은 독수리가 아주 훌륭하였고 학장님께서도 마음에 들어 하시는 것 같아 마음이 놓였다. 그 작가의 지도교수도 계셨는데 우리 독수리가 우리나라에 있는 모든 상징탑의 독수리에 견주어 가장 뛰어나다고 하였다.

문제는 독수리를 받치고 있는 상징탑이 원래 설계로는 현재보다 훨씬 가늘었고 독수리가 아침에 해가 뜨는 쪽(현재 청운관 쪽)을 바라보도록 설계되었다는 점이다.

탑이 날씬하면 독수리가 더 커 보이고 더 날렵해 보이며, 독수리가 동쪽을 보면 아침 햇살을 받아 더 빛이 난다는 것이다. 그러나 김형덕 학장님과 오일근 총무처장님이 반대하여 탑 기둥은 더 두꺼워지고 방향은 협동관을 쳐다보도록 설치되었다. 작가는 자기 뜻대로 하지 못하여 많이 아쉬워했다. 나는 어떤 일이든 전문가의 결정을 존중해 주자는 입장이어서 작가의 편을 들었으나 관철시키지는 못하였다. 상징탑의 명칭은 내가 직접 "雄飛하는 彗田人像"이라는 안을 내었고 교수회의를 거쳐 결정하였다. 상징탑의 하단에는 이 탑의 건립 경위를 새겨 두었다.

학생과장에서
면직되다

　내가 학생과장을 하던 시절은 학생과 재야단체, 노동계 등의 시위로 온 나라가 편한 날이 없었다. 우리 학생들도 막무가내로 날마다 학교에 시비를 걸고 매사에 투쟁적이어서 학생과장으로서 편한 날이 별로 없었다. 그런 힘든 시절에 나는 학교 입시사무까지 떠안고 살았다. 학장님과 많은 대화를 나눈다는 이유로 교수들이나 심지어 직원들도 여러 가지 문제를 나와 상의하였다. 학생과장 3년차 되던 해 스트레스가 심해져서 학생과장에서 물러나기를 청했으나 받아들여지지 않았다.

　계속된 학생시위는 학생과장인 나를 더 힘들게 했다. 연말에는 입시에 매달렸다. 입시 철에 밤늦게 일하다 보면 밖에 눈이 하얗게 내린 적도 있어 집에 엉금엉금 기어가야 했던 적도 여러 번 있었다. 합격자 발표가 끝나고 등록 후에도 후보자 호출과 등록 유도 작업을 하느라 휴일인 삼일절에도 학교에 나와서 입시업무를 보아야 했다. 몸은 지치고 다음 날은 개학이니 학생들과 다시 씨름할 생각을 하며 늦은 밤에 귀가하였다.

다음 날은 개강 첫날이라 학교에 일찍 왔다. 학생회장도 부르고, 그 밖의 학생과 직원들과 차나 한잔하면서 잘해보자 이야기해야겠다고 사무실에 들어왔는데 학생 계장이 내게 다가왔다. 그러면서 학생과장이 바뀌었다는 것이다.

직원한테 이렇게 전달받으니 너무 망신스럽고 창피하였다. 이 대접을 받으려고 그 고생을 했던가. 학생과장을 더 하고 싶어서가 아니었다. 적어도 전날엔 이야기를 해주어야 하는데 아무도 그러지 않았다. 내색은 안 했지만 학장님뿐만 아니라 당시 인사를 담당하던 서무과장에 대해서도 섭섭한 마음이 오래갔다.

죽을 뻔하다

　나는 개교하던 해부터 20년간 한 해도 빠짐없이 입시전형과 홍보 등 모든 입시 관련 업무의 중심에 있었다. 개교하던 해 어쩌다 입시 전형을 맡은 이래 계속한 것이다. 신설대학이라 행정 경험자가 없어 여러 일에 관여하여야 했다. 개교 초 몇 년 동안은 복잡하고 중요한 활동을 하는 것에도 학교에서 특별히 임무를 명하거나 특별한 수당을 주거나 하지 않았다. 우리는 대개 자원봉사자처럼 일했다. 그중 가장 중요한 일은 입시에 관련된 일이었다.

　대학 홍보업무에서도 우리 지역에 포진해 있는 공주사범대학 출신 교사들이 선후배이고, 나 또한 고등학교 근무 경력이 있었기 때문에 앞장서서 홍보활동을 할 수밖에 없었다. 유능한 후배 교수님들이 입시홍보와 입학전형 사무를 열심히 도와주어서 나는 입시업무의 중심 자리를 지킬 수 있었다.

보직이 무엇이든 나는 입시업무는 떠 앉았다. 학생과장을 수행할 때는 학생과 직원과 입시업무를 많이 하였고 비서실장이나 기획홍보실장을 할 때도 내가 지휘하였다.

90년대 초에는 본 교사를 시행 중이었는데도 경쟁률이 상당히 높아 고사를 시행할 교실과 감독관이 부족하여 홍성읍내 학교 세 곳을 빌려 시험을 치러야 했고 홍성군내 중학교 교사를 섭외하여 감독을 부탁하여야 했다. 전체 수험자에 대하여 면접도 실시하였고 시각디자인과 등은 실기고사를 실시하였다.

제일 어려웠던 입시는 1995학년도 입시였다. 충남산업 대학교 개교 준비를 위하여 나는 1994년 내내 정관에도 없는 보직으로 김형덕 학장 비서실장으로 일했다. 당시 김 학장님께서는 청운대학교 개교 준비 책임자였다. 나는 청운대학교 학칙과 학사내규, 학교 조직체계, 학과 교과과정, 각종 규정 등 내부 골격을 갖추는 일과 개교 행사 준비, 입학 지원자 모집, 전형 등의 일도 하였다. 이 일은 항상 손을 맞추어 온 C교수와 함께 했다. 우리는 그해 청운대학교 입시와 혜전대학 입시를 동시에 맡아 해냈다.

청운대학교 입시가 끝나니, 청운대학교에서 근무하게 될 교수들은 청운대학교 업무를 보게 하고 혜전대학 입시는 나 혼자 지휘해야 하는 형편이 되었다. 그런데 1,600명의 모집인원에 10,000명 정도의 지원자가 몰려 평균 6대 1의 혜전대 개교 역사상 가장 많은 지원자가 몰렸다. 더구나 실기고사를 보던 시각디자인과의 지원자가 640여 명이나 되어 마감 다음 날 실시하여야 할 실기고사 준비를 위하여 밤새 홍성 시내 학교에 부탁하여 이젤을 빌리고 고사장을 준비하느라 고생이 많았다. 그럼에도 이를 무난히 수행하였으니 지금 생각해도 우리들의 에너지가 대단하였다고 생각한다.

나는 본고사를 보던 해 문제지를 인수하기 위하여 성남에 있는 문제지 배부처로 가야 했다. 경찰관을 대동하고 인수 책임자로 출장을 갔다 오는 길에 큰 사고를 당했다. 내 차가 달려드는 트럭을 피하느라 고속도로 가드레일을 들이받아 가드레일을 망가뜨리고 차도 신문지 찢어지듯 측면이 잘려나간 것이다. 하마터면 죽을 뻔한 일이었다. 당시 차는 내 차였지만 차 운전은 O기사가 하였다. O기사는 사고를 내고 너무 놀라 눈물을 흘리며 한동안 꿈쩍도 하지 못했다. 사고수습이 늦어 저녁 늦게 학교에 도착했는데 아무도 이 사고를 걱정하고 나를 기다려 주는 사람이 없어 섭섭하였다.

김종영 자서전 흔적

교훈

개교 초기 혜전대학의 교훈은 나보다 우리, 남보다 먼저, 오늘보다 내일이었다. 나는 이 교훈이 대학의 교훈으로 이상하게 느껴졌다. 그래서 여러 차례 문제제기를 하였고 이 교훈의 결정 과정도 알아봤다. 이 교훈은 충남방적의 사훈과 같다는 것이었다. 사훈으로는 괜찮지만 교훈으로 하기엔 어색하였다.

나는 C교수와 학교 입시홍보를 위한 팸플릿을 만드는 일을 많이 하였는데, 이 교훈을 옆에 같이 쓰던 한자로만 쓰기 시작하였고 어느 순간 우리 대학 교훈은 協同, 率先, 希望으로 되었다.

혜전대학의 설립이념,
교육목표, 교육방침

설립 당시 혜전대학의 설립이념은 책 한 페이지에 달하는 긴 글로 세련되지 못하였다. 그것을 나는 C교수와 협의하여 아랫글로 바꾸어 입시홍보물에 사용하였다.

원래 대학 설립 이념	혜전전문대학은 우리나라 곡창 호서지방의 서해안에 의롭게 세워진 학원이다. 원래 이 지방은 유학의 원천이다 할 만큼 교육이 고도로 성장하였던 곳이다. (중략) 비록, 뒤늦게 출발한 혜전학원이지만 날이 가고 달이 거듭될수록 그 발전은 가속화될 것이며. (중략) 한마디로 혜전전문대학은 교직자나 학생이 다 함께 이끌고 나아가는 평생교육의 발판인 것이다.
바꾼 대학 설립 이념	본 대학은 우수한 재능과 향학 의지를 갖춘 많은 젊은이들에게 전문적인 학업을 이룰 수 있는 기회를 주어 나라의 융성에 이바지할 성실하고 유능한 인재로 키우고자 하며 아울러 지방문화의 산실로서 지역발전에 기여하고자 한다.

김종영 자서전 흔적

나는 개교 첫해엔 아무 보직도 없는 젊은 초년교수였지만 이처럼 길고 정리되지 않은 설립이념을 폐기하고 건학이념을 새로 만들어야 한다고 생각하였다. 그리고 학교는 마땅히 교육목표를 세우고 교육방침을 구체적으로 제시하여 학사운영을 하여야 한다고 알고 있었다. 혜전대학에 교수로 채용되기 전 이미 중 고등학교에서 5년 동안 교사로 근무한 바 있고 수업뿐 아니라 학교의 교육계획이나 시간표 작성과 운영 등의 실무를 많이 하여 본 경험이 있기 때문이다. 우리 대학은 그 당시에도 교훈과 설립이념은 있었지만, 내 마음에 들지 않고 교육목표나 교육방침은 아직 세우지 않았다. 대부분의 교수님들은 학사행정을 해본 일이 없고 대부분 산업계에서 오셨기 때문에 이런 생각을 하시는 분이 없었다.

개교 원년인 1982년도 11월경에 나는 전체 교수회의에서 이런 문제를 제기하였다. 학교의 교과과정 운영에 관련된 기본 골격에 관해 빨리 논의를 하여 정리하자는 내용이었다. 의견은 받아들여지지 않고 책망만 들었으므로 많이 당혹스러웠다. 그러다가 입시와 관련하여 학교의 팸플릿 등을 계획하고 제작하는 일을 C교수와 같이하면서 건학이념과 교육목표, 교육방침 등을 새롭게 보완할 수 있었다.

수업시간표
작성

　개교 초기 학사행정에서 제일 중요한 것은 교과과정을 확정하고 그것을 운용할 시간표를 짜는 일이었다. 당시는 강의실이 부족하였는데 외래 교수도 많고 80명 단위의 복수 반 수업도 많아 시간표 작성이 어려웠다. 나와 C교수는 고등학교에서 각각 시간표 운용을 해본 경험이 있었다. 우리 두 사람은 교무과의 일이었지만 수차례 대신 시간표를 작성해주고 담당자에게 시간표 작성법을 알려주었다.

　내가 기획홍보실장으로 있을 때는 수작업으로 하던 시간표 작성을 전산 프로그램으로 하도록 프로그램을 구입하고 담당자를 교육시켜 한동안 운영하였다.

교과과정 요람

　1982년 개교 이래 각 과별로 심도 있게 검토하거나 정리되지 않은 채 교육과정이 운영되고 있었다. 1979년 당시 초급대학과 전문학교를 개편하여 전문대학이라는 단기 고등교육기관을 두게 되었다. 당시 전문대학 운영자나 교수들 대부분은 전문대학이 전문 직업교육기관으로 그 자체가 완성교육이어야 함에도 불구하고 단지 4년제 대학의 축소판처럼 운영하였다. 교육과정도 엉거주춤한 채로 4년제 대학의 흉내를 내고 있어 본래 전문대학 설립취지에 부합된 방향으로 발전하지 못하는 실정이었다.

　특히 우리 대학은 강사 의존도가 높고 교수 간 교류도 미천하여 학습 내용이 체계화되어 있지 않았다. 심지어는 같은 내용이 여러 교수와 강사에 의해 중복적으로 지도되거나 학습 내용의 난이도를 고려하지 않고 학습 과정의 선후가 뒤죽박죽이어서 정리가 필요하였다.

김형덕 학장님께서는 필수적으로 이수해야 할 학점이 과에 따라 달리 운영되고 있어 정리해야 한다고 하셨다. 나는 어느 단계의 학교이건 학교 교육에서 교육과정의 구성이 가장 중요하다는 것을 잘 알고 있었다. 우리 학교가 시급히 개선돼야 한다는 생각에 김형덕 학장님께 전 학과의 교육과정을 처음부터 재편성하고 이를 요람으로 만들어 시행하자고 건의하였다. 그리하여 K교수와 C교수를 동참시켜 교육과정 심의위원회를 구성하여 1993년 2학기부터 1994년 1학기까지 1년여의 작업 끝에 1994년 7월 教育課程要覽을 발간하였다.

우리는 대학의 설립이념과 교육목표, 교육방침, 교훈, 교육과정 편성기준, 교수요목의 작성 기준, 학수번호 부여, 과별 교육과정표, 과별 교육과정의 교육목표, 교육방침, 교과별 주요교육내용, 주별 강의계획표, 교과목의 영문 표기명 등의 일체의 교육과정과 관련된 내용을 정리하여 요람을 발간하였다. 총 776페이지에 이르는 이 책의 표지 디자인은 S교수가 맡았는데 디자인이 훌륭하였다.

교육과정을 정리하면서 여러 교수들과의 의견충돌이 있었다. 대

김종영 자서전 흔적

부분 4년제 대학에서나 다룰 수 있는 지극히 추상적이고 관념적인 교과목은 배제하고 실무적이고 전문대학 교육목표에 부합하는 교과 위주로 교과과정을 편성하여야 한다는 우리의 생각이 확고한 반면 일부 교수들은 이를 받아들이지 않았기 때문에 충돌한 것이다.

이 요람에는 학점의 배정이나 수업시수 배정의 원칙, 실습시간의 배정 등 수업에 관한 한 모든 문제를 총체적으로 다루고 모든 교과목에 대하여 주당 수업내용까지 명시돼 있다. 그렇기 때문에 학과장은 교과배정 등 교과운영이 명료해지고 교수 간 동일내용을 중복지도하거나 갑자기 강의를 맡게 된 강사가 무엇을 지도해야 하는지 헤매는 상황은 면할 수 있게 되었다.

당시로써는 우리 대학처럼 교육과정 요람을 만들어 운영하는 대학이 없었다. 그런 까닭에 1994년 10월에 실시된 전국전문대학 종합평가에서 우리 대학이 전국 1위를 하는 데 이 요람이 기여한 부분이 크다.

학장 비서실장이
되다

1993년 말 충남산업대학 설립이 가인가 되어 설립준비가 필요하였다. 충남산업대학교 설립준비 총책임자는 김형덕 학장님이셨다. 학교 건물신축이나 시설구비 등은 직원이 맡아서 할 일이었으나 학칙이나 내규, 각종 규정, 교과과정 등 내부적인 일도 여간 복잡하고 많은 수고가 필요하였다. 더구나 충남산업대학교는 산업대학 설립인가를 받았기 때문에 이에 필요한 각종 규정 등에 대하여 조사하고 연구하여 새로운 시안을 만들어야 했다.

김형덕 학장님께서는 이런 일련의 일을 준비하도록 나를 비서실장에 임명하셨다. 비서실장 직제가 정관에 있지도 않았고 정해진 업무도 없었다. 수업도 일반 교수가 하는 대로 하였고, 직원의 배정도 없었으며, 보직수당도 없었다. 다만 학장실 근처에 사무실만 하나 주셨다.

나는 스스로 내가 해야 할 일을 정하여 하였다. 우선 학장의 결

김종영 자서전 흔적

재 체계를 바로 잡았다. 그때까지는 학장의 결재를 받기 위하여 부속실에 여러 사람이 기약 없이 앉아 대기하였는데 안에서는 학장님이 손님과 환담이나 하고 있는 경우가 많아 비효율적이었다. 업무 일람표도 만들어 제시하고 학장님과 모든 교직원들이 일람표에 따르도록 하였다. 이 업무일람표는 내가 김형덕 학장님께서 계획성 있게 학사를 보시도록 고안한 것인데 그 후 지금까지 계속하여 사용하고 있다. 각종 결재 사안에 대하여 규정을 정하여 이에 맞도록 하자고 제안하여 규정집 초안을 만들어 학장님께 제시하였는데 검토해 보자고 한 후 시행을 하지 않았다. 나는 이 시안을 가지고 있다가 김희중 학장님께서 부임하셨을 때 건의하여 규정집을 발행하였다.

충남산업대학교 기공식 초청인사 준비, 학칙과 각종 내규 준비, 교육과정 구성, 입시홍보 및 전형까지 모든 일을 맡았다. 내가 교수 중에서 청운대학교 설립에 가장 큰 수고를 한 사람임에는 틀림없으나 그런 수고 끝에 받은 보상이라고는 청운대학교 개교 1주년 기념일에 공로패를 받은 것뿐이다.

김형덕 학장님은 나와 김양수 교수(당시 교무과장으로, 설립신청 시 유치활동을 하셨음)에게 "두 분은 혜전대학에서 현재 중요한 역할을 해야 하는 분이라 빼 갈 수가 없었다. 충남산업대학(청운대학교 설립당시 교명)은 교수를 계속하여 확충하여야 하니 올해 합세하지 못했다고 서운해하지 마라."라고 말씀하셨다. 나는 개인적으로 청운대학교로 옮겨야 한다거나 그것이 더 명예로운 일이라고 생각하지 않았고 그러고 싶다고 의사를 표명한 적이 한 번도 없었다. 내가 관심을 두었던 것은 두 대학이 한 가족처럼 함께 상호 장점을 살려 발전을 도모하고 사이좋게 지내며 동일한 대우를 받기를 바랄 뿐이었다.

그 후 김양수 교수는 교무과장을 그만두게 되어 결국 청운대학으로 옮겨가고 나는 내내 보직을 맡게 되어 자리를 옮길 생각을 할 겨를이 없었다. 내가 보직을 내려놓아 한가해졌을 때는 두 대학은 서로 별도의 학교가 되어 있었다.

기획홍보실장이 되다

1994년 말 청운대학교가 다음 학기부터 학생을 모집하여 학교운영을 해야 했기 때문에 혜전대 학장으로 있으면서 청운대학교 개교 준비를 하시던 김형덕 학장님께서 청운대학교 총장으로 자리를 옮기셨다. 혜전대학 교수 중에서 청운대학교로 옮겨 중추적 역할을 해야 할 교수들도 내정이 된 상태에서 나는 정관에도 없는 학장비서실장이라는 직책으로 김희중 학장님을 맞이하게 되었다. 이제 청운대학교 일은 청운대학교 교직원이 맡아서 하면 되므로 나는 딱히 해야 할 일이 없었다. 마지못해 수행하기는 했지만 정관에도 없는 비서실장이라는 자리가 마음에 안 들어 새로 부임하신 김희중 학장님께 보직을 면하게 해달라고 말씀드렸다.

김희중 학장님께서는 얼마 후 기획홍보실장으로 보직명을 변경하여 하던 일을 계속 수행하도록 하셨다. 물론 정관변경을 통해 학교의 행정조직을 바꾸고 업무를 명확히 하지는 않아 무슨 일이든 내가 알아서 해야 했다.

나는 직원 한 명 없이 기획홍보실장이라는 직책을 맡은 후, 하고 싶은 일을 찾아서 했다. 어떤 자리에서 일을 하든 나를 따라 다니는 일은 입시홍보와 관리였다. 이 때문에 나는 자연스레 교무과 직원들과 손발을 맞추어야 하는 경우가 많았다. 입시관련 업무 외에 외국 대학과의 교류, 대학 발전방향 수립이나 추진에 관한 일, 산업체 위탁 교육, 사회 교육원 운영 등 어떤 일이든 기존 부서에서 하지 않는 일을 자발적으로 만들어 했다.

김종영 자서전 흔적

국제교류

나는 1993년 미국 자매대학에 교환교수로 파견되었고 그 후 비서실장과 기획홍보실장 등을 맡아 자매대학과의 각종 교류를 주관하였다. 자매대학에 파견되어 있는 동안 현지 학교 당국자는 물론 현지 교민과 미국인 인사들과 친교를 강화하고 우리 학생들의 연수가 좀 더 효율적으로 이루어질 수 있도록 체계화하는 노력을 하였다.

특히 김형덕 학장님은 미국인 손님맞이에 세심한 주의를 하셨는데 그 영향을 받아 그들과 교류하는 데 실수하거나 섭섭함이 없도록 노력하였다. 경신 씨와 수민식당, 금연식당, 주미 씨 등이 우리의 교류활동에 큰 도움을 주었고 현지인으로는 스티브 총장과 교육위원이었던 리틀필드 씨, 우리 학교에 교환교수로 왔었던 바바라 다즈릴 여사 등이 우리와 관계를 돈독히 하는 데 기여하였다. 나는 1993년 교환교수로 자매대학을 방문하였고, 1996년에는 연수학생을 이끌고 자매대학을 재방문하였다. 내가 자매대학을 방문하는 동안 김형덕 학장님과 김희중 학장님께서 방문하셔서 자매대학에서 행사(감사파티)를 하였다.

교환교수로 본 대학에 왔던 조이 파커

자매대학에서 스티브 총장과 김형덕 학장과 함께

김종영 자서전 흔적

교환교수 옴스비와 함께 집에서

경신 씨의 본교 방문

교환교수 바바라 다즈릴 여사와 함께 갑사에서

노래방 문화를 좋아했던 바바라 다즈릴 교수와 함께

김종영 자서전 흔적

미국 자매대학 연수 중에 rogue강에서 제트 보트 여행

미국 오리건 주의 Creater lake에서 연수 담당자들과 함께

가슴으로
통한다

1996년 여름 연수단장으로 학생들을 인솔하여 미국 자매대학 연수를 마치고 학생들의 소감을 모아 발행한 연수기 서문이다.

혜전대학은 91년 미국 Oregon주의 Southwestern Oregon Community College(이하 SWOCC)와 자매결연을 맺고 수차례에 걸쳐 교수와 학생의 교류가 있었다. 나는 지난 93년 교환교수로 SWOCC을 방문하여 한국문화를 소개하면서 많은 친구들을 사귀었고 그들의 일상 문화를 경험한 바 있는데, 그때의 느낌이 너무 좋아 가능하면 많은 교직원과 학생들이 SWOCC을 방문할 수 있기를 원했었다.

이런 뜻으로 나는 하계 자매대학 연수를 기획하였다. 뜻밖에도 많은 학생들이 관심을 보였고 김희중 학장님과 Kridelbaugh

SWOCC 총장님의 적극적인 뒷받침으로 우리의 연수기획은 성사되었다. 실제로 우리 연수단이 SWOCC에 도착하기까지 많은 어려움이 있었으나 무사히 현지에 도착하여 그곳 담당자들과 주민, 특히 Host family로부터 따뜻한 환영과 보살핌을 받았다. 나는 옛 친구들을 다시 만나 재회의 기쁨을 나누었고 그들 역시 이번 연수를 더 유익하게 하는 데 도움을 주었다.

우리 자매대학이 미국 시골에 위치해 있고 주변의 도시가 작은 도시이기 때문에 번화한 도시를 연상했던 많은 학생들이 현지를 도착했을 때의 실망스러운 표정을 나는 알 수 있었다. 하지만 귀로에 우리가 방문하는 샌프란시스코나 LA여행을 마치면 여행의 참맛을 어디서 더 느낄 수 있을지 나는 예견하고 있었다. 연수가 끝난 후 참가자 중 아무도 샌프란시스코나 LA가 Coos Bay보다 좋다고 얘기한 사람은 없었다.

Coos Bay에서 체류하는 동안 그들이 우리에게 베푼 호의와 친절은 때때로 우리의 가슴을 뭉클하게 하는 것들이었다. Host family들의 친절은 우리 머릿속에서 오래오래 기억될 것이다. 나는 매일 아침 만나는 학생들과 그들의 Host family의 얼굴에서 그들이 아무 문제 없이 통하고 있구나 하는 믿음을 가질 수 있었다. 우리를 서로 통하게 하는 것은 말이 아니라 가슴(느낌)이다. 나는 많은 사람들에게 이 말을 즐겨했고 그들 또한 내 말에 전적으로 동의해 주었다.

김희중 학장님께서 SWOCC을 방문하시어 양교의 우의를 더욱 돈독히 하셨는데 SWOCC에서의 환영 리셉션에 이어 김희중 학장님께서 이번 연수에 관계된 대학 교직원과 Host family 등 지역 인사들을 초청하여 개최한 Thanks party는 이들에게 오래오래 기억될 행사가 되었다.

연수를 마치고 다시 학교에 돌아와서 연수에 참여했던 학생들의 활기차고 자신 넘쳐 하는 모습을 보며 나는 이번 연수가 여러 면에서 성공적이라고 자평하고 싶다.

개인적으로 나는 이번 여행을 통하여 더 많은 친구들을 가질 수 있어서 기쁘다. 다음다음의 연수를 보다 값지게 하도록 가슴을 열고 사귄 친구들을 더욱 소중히 하리라. 그리고 우리의 연수가 보다 오래 기억되도록 우리의 감상을 한 책으로 엮어 간직하고자 한다. 우리가 가졌던 경험을 글로 나타내기는 힘들겠지만 다음의 연수희망자들에게 조그마한 도움이 되기를 바란다.

To many friends
in America

1993년 여름 미국 자매대학에서 교환교수로서의 임무를 마치고
자매대학 신문에 투고한 글이다.

Before I came here, I had worried about my life here very
much. Though I visited many countries such as U.S.A,
China, Hongkong, Taiwan, Singapore, Indonesia and
malaysia, I thought that it would be difficult for me to live
with you for two months without any other Korean's help.
Moreover I had the obligation to teach some of you Korean
language, culture and history. Besides I have the problem in
communicating with you because of my bad English.

In spite of these circumstance, I came here as an exchange

faculty at SWOCC and taught Korean to my students and two months came to end. Now I took my pen in hand to write my impressions and thoughts about America, SWOCC and some friends who I met here. And I hope this comments help us understand each other.

To tell the truth, I traveled America last winter. I visited many large cities such as Washington D.C., New York, Buffalo, Las vegas and Los Angeles. And I visited the famous tourist resorts such as Niagara falls, Hudson river, grand Canyon and Hawaii. Before I visited America last winter, I had considered her as the fantastic country because she has the abundant natural resources, the largest and richest earth in the world, the developed industry, the greatest military power, and so on. I thought you could do anything if you had a mind to do. Actually, most of my thoughts of America is true. I could see many largest buildings, roads, bridges, factories, wide farms, and so on.

But I found out also that you had the many problems awaiting solution. The stores were full of foreign made goods. The streets of the larger cities were not clean as I expected. Above all, I could not find out your frontier spirit that your forefather had. I believed that the frontier spirit was the great american spirit and it was the power that could maintain the peace of the world. I had to return to Korea with the worries about the future of the United States and the world. It was a bitter disappointment to me.

America has many wonderful things that do not exist in other countries. But I think every country has the various things that they can show to foreigners. The beautiful or enormous scenery like Niagara falls, Grand Canyon and so on is important resources. But the most important is, I think, that what they have achieved and what they think about. Last winter I was surprised at what you had built in the various fields within the so short periods of 200 years. But it was regrettable for me not to discover America's spirit.

America has the various cultures and she is very large country. Though I stayed here for about two months, I cannot tell you that I understand America. But this time I could discover something special that I had not done last winter. I discovered the power maintaining American society from you. I would like to say that those are composure, good order, independence spirit, sense of responsibility and capacity for tolerance. I am very pleased to discover these from you.

From the day I arrived here, I was amazed at your caring, genuine concern, love and so on. Your hospitality helped me to live comfortably here. I came here as an exchange faculty to teach Korean language and introduce Korean history and culture. I can't help admitting my lack of ability in performing my duty. Nevertheless I have enjoyed my class because my students have studied Korean very hard and they tried to understand Korea through me. It is the wonderful experience for me to teach Korean to the American students. I'll never forget my such experience and my students here. They helped me to refresh myself.

I think SWOCC has the excellent system of education. I think that education program, staff organization, office arrangement and many facilities such as library, computer center, language laboratory are excellent. Expecially I was impressed with the facilities for the person with obstacles and the kindness of all staffs. The campus scenery is very excellent. It looks like a park. It had many trees and green field. also, the campus area is very quite.

Many of you helped me to understand your home life and your thoughts though inviting me to their home and sharing the conversation on the various matters. I could find out we shared the much merits and demerits with each other. And we had the common denominator in many respects such as good, friendship, sympathy, ideal, happiness, kindness, love and so on. I discovered that we could make up the deficiency from each other. Actually I can tell you that I have learned many things from you and these helped me to overcome my short. thanks for the friends who invited me to their home and gave the chance to me so that I could understand the american home life.

The trip here was wonderful to me. While I was staying here I visited many beautiful cities and wonderful parks. I could see the big trees in the mountains and beautiful beaches, river, the various kinds of sea animals, birds, some wild animals. And I enjoyed fishing, play, concerts. Though this is a small city, there were many cultural events. Many friends living in this area helped me to take part in those events. Thanks to them again.

I invited my family(my wife and two children) here. Before I came here, I didn't have a plan to invite them. But because my life here was very wonderful, I decided to invite them. My wife is a teacher. She works in the elementary school. She visited the United States with me for two weeks last winter. She told me that she learned much about America this time. I have two children. One is a 12 years old daughter. She goes to junior high school and she begins to study English this year. The other is a 10 years old son. He is 5th grade in elementary school. I think their staying here gave the deep impression to them and they will never forget this travel.

While I was working at SWOCC, 19 Koreans girl students came here to learn English and American culture and history. I thought they improved their English speaking ability and understand American culture a little. They told me they enjoyed English class, and most of the culture class. I could see most of the host families were very kind and showed genuine concern to me as well as to their students. I think Korean students will remember their host families as their genuine parents forever.

While my staying here, I could meet my Korean Americans. I have learned much about America from them. They helped me to stay here comfortably. Some women invited me to their home and the other women made me the various korean side dishes. I talked over the differences between American culture and Korean culture with them. We could find out our merits and demerits through our meeting. Thanks to them for their help. And I want them to be happy forever.

I am happy to learn the various things valuable since being here. It is the most precious present to me knowing American culture and spirit.

I'll go back to Korea with your kindness and hospitality in my heart. And I'll never forget you and your country. I'll tell my excellent experience to my Korean friends. I think my wife and my two children have the same idea as mine.

I will always pray for your healthy and happy life. I want to see you again. Thank you for everyone I have met here in the United States, expecially President Kridelbaugh and President Kim.

Sincerely yours,

Aug 18, 1993.

Kim, jongyoung

오리건 대학을
다녀와서

자매대학 1993년 여름 미국 자매대학 교환교수로 파견되어 임무를 마치고 정리한 방문기이다.

미국 자매대학에 교환교수로 지명되었을 때 나는 미국생활에 대하여 많은 걱정을 하였었다. 나는 동남아시아의 여러 나라들과 중국을 여행한 바 있다. 지난겨울에는 워싱턴과 뉴욕을 포함하여 미국의 여러 대도시들과 세계적으로 유명한 관광지를 여행하였다. 그런 여행의 대부분은 가이드의 도움을 받고 다른 여행자들과 함께 하는 단체 여행이었기 때문에 여행에 앞서 걱정을 하거나 여행 중에 별다른 어려움은 없었다. 그러나 이번 여행은 다른 누구의 도움도 없이 낯선 지역에서 낯선 사람들과 지내야 하는 것도 걱정이려니와 특히 미국인 학생들에게 한국

김종영 자서전 흔적

어와 한국의 역사와 문화를 소개해야 하는 임무를 띠고 있었으므로 잘 수행할 수 있을까 하는 걱정도 컸다. 나로서는 우리의 역사와 문화에 대한 지식도 단견에 지나지 않을 뿐 아니라, 이를 영어로 설명하는 일은 쉽지 않았다.

다행히 임무를 무사히 마치고 돌아와 나의 미국생활과 미국에서 보고 느낀 것에 대하여 감상을 전할 수 있어서 기쁘다. 그리고 나에게 이렇게 소중한 기회가 주어진 데 대하여 감사하다. 두 달간의 미국 체류가 거대한 미국을 이해하기에는 너무 짧은 기간이고 가능한 일이 아니라는 것을 안다. 그러나 나는 이번 여행을 통하여 어느 여행에서도 배우지 못한 많은 것들을 배울 수 있었다. 우리 혜전대학과 성격이 비슷하고 규모가 작은 community college에서 근무하였기 때문에 학교의 체계나 움직임을 파악할 수 있었고, 총장부터 청소부에 이르기까지 많은 계층의 사람들과 접촉함으로써 인적 조직과 그 운용에 대하여 배울 수 있었다. 또 내가 머무른 지역이 세 도시를 합쳐 인구 3만5천 명 정도의 조그만 도시였기 때문에 시민들의 일상생활은 물론 각종 공공의 활동에 참여하고 파악할 수 있어서 다행스러웠다. 미국 시민들과의 접촉이나 그들의 각종 문화활동에 참여하면서 도시의 움직임을 파악하고 우리와 비교할 수 있었던 점이 나에겐 더없는 행운이었다고 생각한다.

미국을 이야기하기 전에 양해를 구하고 싶은 점이 있다. 미국은 큰 나라이고 다양한 복합 문화를 가졌기 때문에 내가 본 미국도 한 단면에 지나지 않을 것이란 점이다. 더욱이 내가 여기서 소개하고자 하는 바는 우리가 그들로부터 무엇인가를 배워야 한다는 점에서 그들의 장점을 주로 이야기하고자 했기에 미국에 대한 종합적인 소개가 아니라는 점이다.

• 미국 사회가 기르고자 하는 인간

나는 교육자로서 미국의 전반적인 교육제도와 미국 사회가 기르고자 하는 인간상에 대하여 관심을 가지고 있었다. 미국 학생들이 각 단계별로 무엇을 배우며 어떻게 교육받고 어느 정도 학습하는지 알고 싶었다. 또한 그들이 무엇이 되고자 하며 어떻게 노력하는지 그들의 부모는 자녀들을 어떻게 양육하며 단련하는지 알아보았다.

내가 체류하는 동안 미국 초중고생들은 방학이었는데 모두들 완전한 자유를 누리고 있는 듯했다. 그들은 여행이나 취미생활, 운동을 하였고 일하는 학생들이 많았다. 16세 이상이 된 고등학생들은 대부분 차를 소유하고 있었는데 차량운행 및 유지비는 스스로 해결해야 했다.

내가 근무하던 대학의 총장에게는 중학교 2학년인 아들이 있었는데 그는 신문 배달을 하고 있었고 고등학생인 그의 딸도 식당에서 시간제 일을 하고 있었다. 내가 아는 대부분의 고등학생이나 대학생들은 아르바이트를 하고 있었다.

자녀가 고등학교를 졸업하면 부모는 다 키웠다고 생각하였다. 더 이상 자녀를 돌봐주는 부모도 적었을 뿐만 아니라, 부모한테 기대려는 자녀도 별로 없었다. 따라서 그들은 대학등록금을 벌기 위하여 열심히 일하지 않으면 안 되었다. 대학등록금은 상당히 비싸기 때문에 단기간의 근로로 그 비용을 충당하기는 어려웠다. 그들은 장학금을 신청하든지 대부를 신청하든지 그게 안 되면 부모님께 빌리는 수밖에 없었고 이도 저도 안 되면 휴학을 하고 학교를 쉬면서 학비를 벌 수밖에 없었다. 우리 한국인 부모들이 끝도 없이 자녀들의 후원자가 되어주는 데 비하여 미국인 부모는 부모가 없어도 자녀들이 스스로의 힘으로 일어설 수 있는 지혜와 정신을 기르고 있었다.

대부분의 중등학생들이 집에서의 특별한 자습이나 과외교습을 받지 않는데도 그들 대부분은 학교공부에 자신감을 가지고 있었다. 초등학교부터 고등학교에 이르기까지 학습량을 보면 우리가 단연코 세계 최고라 할 수 있는 데 비해 우리 학생들 대부분은 공부에 자신 없어 하고 그들은 자신만만해 하는 까닭은 무엇인가? 나는 그 원인을 평가의 방법에서 찾을 수 있었다. 그들은 잘하는 과목을 들어 격려해주는 데 비해 우리는 잘못하는 학과를 지나치게 강조하기 때문이다. 예를 들어 미국에서는 수학을 못 해도 음악이나 미술에 재질이 있으면 우수학생들인데, 우리는 대부분의 과목을 잘해도 영어나 수학을 잘못하면 책망을 듣거나 바보취급을 받기 십상이다.

아동기나 청소년기에는 많은 시간과 자유가 주어졌다. 그들은 운동을 하거나 여행을 다니고 친구와도 마음껏 놀 수 있었다. 또한 각종 단체에 참여하여 왕성하게 활동하였으며 필요에 따라 각종 근로도 하였다. 이러한 모든 활동은 학생들의 봉사심이나 자립심, 협동심, 지도력 배양에 기여하고 있으며 이러한 활동을 통해 자신이 나아갈 길을 스스로 찾는 듯했다.

중등학교 교과목에는 창의력을 기르는 별도의 과목이 있었다. 영어(그들의 국어)는 읽기와 쓰기를 주로 교육하는데 많은 양의 책을 읽게도 하지만 논리적으로 자기 생각을 표현하는 능력을 기르는 데 중점을 두고 있었다. 국가나 사회는 물론이고, 부모도 학과공부만 잘하는 인간을 원하지 않는다. 장학생을 선발하거나 대학신입생을 선발할 때도 학생들의 학업성적뿐만 아니라 그들의 근로활동, 봉사활동, 단체활동은 물론이고 예체능특기나 여행경험까지도 고려되고 있었다. 거의 모든 것이 학업성적순인 우리의 제도에 문제가 있다는 생각이 들었다.

그들은 장래희망을 대부분 어려서부터 구체화시키고 있었다. 부모들은 자녀들과 끊임없는 대화와 토론을 통하여 그들의 진로 결정에, 그리고 결정된 방향으로 성장하는 데 도움을 주고 있었다. 한마디로 미국 사회가 기르려는 인간은 창의적이고 지도력 있으며 자립심이 강한 인간이었으며 모든 제도나 형편이 이에 부응하고 있었다.

• 미국인이 성취한 일

우리는 곧잘 5000년의 역사를 자랑한다. 내가 미국 생활 중에 놀란 것은 그들의 땅이 넓고 자연경관이 아름답다는 사실이 아니다. 그것들은 그들의 힘으로 이룬 것이 아니기 때문에 남의 부러움의 대상은 되지만 남에게 감명을 주지는 않는다. 보다 중요한 것은 그들이 무엇을 성취했고 어떠한 역경을 이겨냈으며 무엇을 생각하며 사느냐이다.

미국인들이 200년 정도의 아주 짧은 기간에 이룬 업적은 나에게 깊은 감명을 주고도 남았다. 시내·외를 막론하고 잘 정비된 도로나 크고 아름다운 다리들, 잘 갖추어진 공공시설, 장애인을 위한 온갖 공공시설 등. 공원에는 누구든 와서 편히 쉬고 놀 수 있는 편의시설들이 잘 갖추어져 있으나 아름다운 자연지물이 손상된 곳은 없었으며 식당이나 유흥장 따위가 없는 곳이 많았다. 공원은 자연 그대로 휴식처라는 느낌이 들었다.

도로는 변경차선과 추월 차선을 두어 차의 흐름이 막히는 곳이 없게 설계되었고 신호등이나 속도표지판, 우선멈춤, 각종 안내표지판 등이 참으로 완벽하여 초행자인 나도 도로주행을 쉽게 할 수 있었다.

장애인을 위한 시설들은 나를 부끄럽게 하였다. 학교 등 공공기관은 물론이고 어떤 사업장도 장애인을 위한 시설은 훌륭하게 갖추었다. 그러한 시설들이 구비되어 있지 않으면 영업허가를 받지 못한다 하였다. 장애인 주차장은 주차면 중에서 가장 좋은 위치에 있었다. 시각장애인이 도로를 횡단할 때는 신호등에 우선한다고 하였다.

우리가 본받아야 할 또 한 가지는 그들의 준법정신이다. 그들은 표지판의 내용을 준수하고 있었다. 아무리 급해도 줄을 서서 차례를 기다리는 것은 가장 기본적인 관행이었다.

• 각종 문화행사의 조직과 운용

내가 머문 도시가 아주 조그만 소도시였음에도 불구하고 음악이나 연극 등 다채로운 문화행사가 조직적으로 개최되었다. 각종 행사에 필요한 전용시설들을 고루 갖추고 있었다. 음악 전용 강당은 한 고등학교 내에 있었는데 운영비는 시 재정에서 부담한다고 하였다. 미술전시관은 시내 중심가에 있었는데 주로 개인 재산가들의 기부금으로 건립되고 운영되었다. 연극 전용극장은 인접한 도시에 위치해 있었는데 내부의 가게까지도 무대에 어울리도록 꾸며져 있었다.

나는 몇 가지 공연에 참가하였다. Oregon Jazz Band라는 공원에서 있었던 야외공연에서는 그 지역에 사는 동호인들끼리 자선공연을 하였는데 공연자 대부분이 나이가 드신 은퇴자들이었다. 관중은 대부분 가족단위로 음악 감상을 하며 소풍을 즐기고 있었다. 실내 강당에서 있었던 Oregon Coast Music Festival은 미국 내 유명한 오케스트라단의 공연이었는데 내가 그 음악을 평가할 능력은 없겠으나 공연자와 청중의 하나 된 분위기는 나의 감흥을 불러 일으키기에 충분했다. 연극공연에도 초대되어 연극 감상도 하였는데 연극 전용극장도 부러웠지만 관중과 함께 엮어가는 음악이나 춤 등을 곁들인 공연도 흥미로웠다. 나는 우리 학생들 몇몇과 함께 갔는데 한국에서 온 손님이라고 관중에게 소개되어 기립하여 인사하였다.

음악회에 나와 학생들을 초청해준 토니 씨 부부와 함께

이러한 행사는 종류도 많고 자주 열려 이곳이 시골 지역이 맞는지 의심스럽게 하였다. 또한 이러한 모든 행사는 연초에 1년간의 모든 일정이 계획 후 준비되고 실행되는 듯했다.

• 관광안내소와 지역박물관

    어느 도시를 가나 대개는 관광안내소가 있고 지역박물관이 있었다. 관광안내소에는 관광객을 위한 각종 정보를 제공해주는 안내자, 인근 지역의 관광명소나 문화행사를 안내하는 팸플릿이나 시내지도나 도로지도 등이 비치되어 있었다. 지역박물관에는 그 지역민들이 최근까지 사용하던 각종 생활용품이 전시되어 있었다. 이러한 곳에서 일하는 사람들은 대부분 은퇴한 자원봉사자들이었다. 특히 할머니들이 많았다.

• 자선활동

    자선활동을 많이 하는 사람이 존경을 받는다. 그들은 어려서부터 각종 사회봉사를 하는 단체에 가입하여 활동한다. 젊은 사람들도 봉사활동을 했지만, 그보다 인상적인 것은 노인들의 자선활동이다. 그들은 자신의 전문 분야나 능력이 있는 분야에서 자선활동을 열심히 하고 있다. 어떤 분들은 박물관이나 여행안내소, 공원 등에 위치한 공공의 선물센터 등에서 자원봉사 활동을 하였고, 어떤 분들은 지역민이나 관광객들에게 해양생물에 대하여 설명하여 주고 있었다. 또 어떤 분들은 연극이나 음악 등 자신이 재능이 있는 분야에서 무료공연 등의 자선활동을 하였고, 노인단체에서 자선 파티를 개최하여 자선기금을 모

김종영 자서전 흔적

으기도 하였다. 그 밖의 많은 분들도 병원 같은 곳에서 도움이 필요한 환자를 돌보는 등 봉사활동을 한다고 하였다. 이같이 노인들이 젊은 사람들에게 기대지 않고 오히려 많은 분야에서 봉사활동을 한다. 은퇴를 했지만 아직 건강하신 분들은 노인들이 앞으로 어떻게 살아가는 것이 값지고 좋은 일인지를 알려 주는 듯했다.

• Community College

미국의 Community College는 문자 그대로 지역사회 대학이라 할 수 있다. Community College는 지역주민들에게 지역에서 필요한 교과과정을 제공하고 있었다. 지역사회의 요구와 시대의 변천에 따라 학교는 항상 필요한 과정을 연구하여 개설하고 지역주민들은 언제든지 학교에서 필요한 정보와 지식을 습득할 수 있다. 주민은 언제나 학교와 밀접하게 관련을 맺고 있으며 대학의 총장은 모든 지역주민들로부터 존경과 사랑을 받고 있었다.

내가 체류했던 SWOCC은 연간 학생 수가 만 명 정도인데 정규학생(여기서는 학기당 신청 학점이 15학점 이상인 경우 정규학생이라 한다.)보다 비정규 학생 수가 더 많았고 비정규 학생들 대부분은 직업을 가지고 있는 사회인이었다. 사업 분야에서 성공한 사람들이나 저명한 사람들도 자기에게 부족한 과목이 개설되면 적극적으로 등록하여 수강하는 듯했다. 나의 한국어 시간에는 그 학교 교수나 직원, 변호사, 75세 되신 노부부, 어머니와 딸, 대학생에 이르기까지 다양한 계층의 사람들이 수강하였다. 내가 보기에 그들이 두 달 동안의 짧은 기간 중에 한국어를 배우는 것이 거의 불가능하고 또 평생 쓸 일이 없을 것 같은데 그들은 배움 그 자체를 즐기는 듯했다. 내가 알게 된 어느 사업가는 SWOCC에서 10년 넘게 수강하고 있는데 자기가 필요한 강좌가 항상 개설되기 때문이라고 하였다. 사업을 하자니 회계학이나 고용법, 보험법, 세법 등 자기가 알아야 할 분야가 많은데 그러한 지식을 주로 SWOCC에서 얻는다고 하였다. 또 다른 사업가는 자기가 사업을 시작했을 때 이 대학이 제공한 프로그램에 참여하여 필요한 정보를 얻었다고 했다. 이제 사업도 성공했고 하니, 새로이 사업을 하고자 하는 사람을 위해 SWOCC에서 강좌를 개설해 강의도 한다고 하였다. 자기는 강사료를 받지 않는다며 오히려 이러한 프로그램의 원활한 운영을 위하여 필요한 기금을 기부한다고 즐거워했다.

내가 만난 수강생 중에는 50이 넘은 부인이 있었다. 그녀는 야간 강의에 참여하였는데 술장사를 위한 면허를 따기 위하여 수강한다고 하였다. 그녀는 자기가 이 강의를 통해 배운 것이라며 내게 소개해 주었는데 이를테면 이미 술을 상당히 마신 손님이 내 가게에 와서 술을 더 마시고 나가서 사고를 당하면 술을 판 사람이 형사적 처벌을 받는다는 것이었다.

이외에도 대학이 지역사회와 밀접한 관계를 갖는 많은 교육

프로그램이 있는데 그중 몇 가지 중 이들 대학이 지역사회에 어떻게 공헌하는지 예를 들어 소개하고자 한다.

연방정부나 주 정부의 지원을 받아서 운영되는 프로그램이 있는데 영어능력이 부족한 미국인은 무료로 이 대학에서 영어교육을 받을 수 있다. 갑자기 미혼모가 되었거나 실직한 싱글맘은 무료로 직업 교육을 받을 수 있는데 교육받는 동안에는 아이를 학교에 무료로 맡길 수 있었다. 컴퓨터 교육은 주민 누구나 다 싸게 교육받을 수 있으며 대학의 컴퓨터를 이용할 수 있었다. 대학의 체육시설은 누구에게나 개방되어 있었고 누구든 대학의 체육 지도자로부터 개인교습을 받을 수 있었다. 중고등학생들은 토요일에 대학에서 제공하는 교육프로그램에 참여할 수 있으며 진로 등에 대하여 대학교수인 전문 상담요원들과 상담할 수 있었다.

시내에는 사설학원이 없었다. 대부분의 교육은 학교, 특히 Community College가 흡수하고 있었다. 학생들은 집에 많은 책을 가지고 있지 않았다. 시내도서관이나 학교도서관에 있는 책들은 시민 모두에게 개방되어 있었다.

한마디로 대학은 그 지역사회와 그 구성원들을 위하여 필요한 정보를 주고 그들과 일체가 되어 살아 숨 쉬고 있었으며 주민들은 대학을 아끼고 대학에 의지하며 살아가고 있었다.

• 대학의 시설들과 교육활동 지원체제

SWOCC의 캠퍼스는 아주 조용하고 교내의 잘 가꾸어진 나무와 잔디가 마치 공원 같은 느낌을 주었으며, 한쪽 편에 있는 Empire 호수는 학교 분위기를 더욱 잔잔하게 하고 있었다. 학교의 건물은 본관을 제외하고는 그리 크지 않은 여러 동의 건물로 이루어져 있었으며 체육관이나 음악관, 컴퓨터실, 언어실습실, 용접실 등으로 구획이 잘 정리되어 있었고 모든 시설 내에서는 물론 건물 출입구에서 상당한 거리까지 담배 피우는 것이 금지되어 있었다.

경내의 나무와 잔디는 잘 가꾸어지고 가지런히 다듬어져 있었다. 모든 시설에 있어서 장애인을 위한 배려가 인상적이었다. 출입문을 여닫을 때도 장애인은 단추를 누르면 되었다. 이러한 모든 시설들이 화려하거나 규모가 크다거나 하지는 않았지만 잘 관리되고 있었고 시설 그 자체의 훌륭함보다는 이러한 시설을 관리하고 운용하는 제도가 나에게 많은 것을 느끼게 하였다.

나는 종종 도서관에 들러 책을 찾았다. 보고자 하는 책을 사서에게 부탁하면 그는 컴퓨터를 이용하여 자기 도서관에 그 책이 있는지 알아보고 없으면 시내 어느 도서관에서 그 책을 빌릴 수 있는지 알려 주었다. 도서관과 더불어 media 센터가 있었다. 여기에서는 오디오 테이프나 비디오테이프를 체계적으로 분류하여 저장 관리하고 있었고 위성 안테나를 이용하여 필요한 자료를 녹화 비축하고 교수들이 수업 상 필요하여 신청하면, 그 시설을 설치하여 주고 학습 자료도 제공해주었다. Print shop은 각종 인쇄물을 복사하거나, 인쇄를 맡아서 해주었는데 교수의 요청이 있으면 위법이 아닌 한 무엇이든지, 교수가 요청한 날까지 작업을 완료하여 수업에 지장이 없도록 도와주었다.

모든 업무는 잘 분담되어 있는 듯했다. 총장과 중견간부, 중간간부, 서기, 고용인들의 권한과 임무가 분명하여 맡은 분야의 일을 책임감 있게 수행하고 있다는 느낌을 받았다. 나는 두 달 동안 내 연구실의 전기를 어디서 켜고 끄는지 알지 못한 채 돌아왔다. 내가 끌 필요가 없었기 때문이다. 야간 강의가 있는 날 밤 10시에 수업이 끝나면 청소부 아저씨는 청소 도구를 가지고 강의실 문밖에서 기다리다가 나와 작별인사를 하고 청소를 하곤 했다. 나는 그들이 가지고 있는 유형의 시설보다 무형의 운용체계가 부러웠다.

• 나의 한국어 학생들

나는 주간에 한국어 강좌를, 야간에 한국의 역사 문화 강좌를 맡았다. 두 달간이라는 아주 짧은 기간이었고 미국에서는 여름학기가 비정규 학기인 데다가 대부분 주민들이 여름에 휴가를 떠나기 때문에 등록 학생이 몇 명 되지 않았다.

강의실에서 일부 수강생들과

지역신문에 났던 수강 광고

학교로부터 강의실과 강의시간을 배정받은 것을 제외하고는
별다른 지시나 안내는 없었다. 나의 학생이 누구누구이고 몇
명인지는 강의가 시작되어 강의실에 들어가고서야 알게 되었

김종영 자서전 흔적

다. 그들은 비정규 학생인 데다 사회적 신분이나 연령이 제각
각인데도 수강태도가 무척 진지하였다. 강의에 대하여 학교로
부터 일체의 간섭은 없었다. 나는 학생들의 진지함 때문에, 그
들이 너무나 먼 거리에서 찾아왔기 때문에 성심을 다하여 지도
하였다.

그들은 질문을 좋아하였다. 한국어뿐 아니라 한국의 역사나
문화, 남북관계, 국제관계 등에 대하여 알고 싶어 하였다. 내
가 학생들과 관련하여 아쉬웠던 점은 그들이 정규학생이 아니
고 대부분 성인이어서 항상 바빴기 때문에 좀 더 많은 시간을
그들과 어울릴 수 없었다는 점이다.

자매대학 연수학생들과 야외수업에 참여하고서

2. 아쉬움

• 그 밖의 단상들

미국에 체류하는 동안 개인적으로 많은 사람들로부터 은혜를 입은 일이 많은데 이에 대하여 내가 송구스러워하자 그들은 한결같이 당신 주위에 당신의 호의를 필요로 하는 사람이 많을 거라고 말하고 그들에게 당신도 베풀면 된다고 말하였다.

어느 날 우리 학생을 데리고 미국인과 대화를 하였는데 그는 한국 사람은 왜 감정표현을 않는지 모르겠다고 물었다. 나는 그것은 한국인의 인성에 기인한다고 설명하였는데 여기서 입양되어 사는 한국계 미국인들을 관찰하여 본 결과 그것은 타고난 인성이 아니라 교육의 문제라는 생각이 들었다.

어떤 일이든 맡은 사람들은 확실히 책임을 지고 일을 하고 자기 권한은 자기 스스로 행사하는 듯했다. 일의 분업이 분명하고 남의 일에 간섭하는 것을 자제하였다. 그들은 자기 일을 자기 책임 하에 한다는 것에 보람을 느끼고 직장의 상하관계는 업무의 권한과 책임의 한계에 의하여 결정되는 듯했다. 많은 문제에 대하여 종종 토론을 하게 되는 경우 누구의 아이디어이든 가장 좋은 아이디어가 채택된다.

집에 울타리를 치고 사는 사람들은 거의 없었다. 그들은 집 밖에 조경을 잘해놓고 지냈으며 대부분 집 밖이 집안보다 더 깨끗하다는 인상을 주었다.

나는 여러 사람들로부터 저녁식사 초대를 받았는데 그들 대부분은 화려한 상차림보다 대화를 더 중히 여기는 듯했다. 친

김종영 자서전 흔적

밀한 사이가 되어도 분에 넘치는 환대는 없었다. 대화는 가벼운 소재를 좋아하였는데 대게 여행담이나 취미, 직업, 가족관계, 자녀들의 특기 등에 관한 대화를 좋아하였다.

1996년 학생 자매대학 연수 중 감사파티 장면

1993년 김형덕 총장과 교육위원 리틀필드 집 앞에서

최초의
규정집 출간

　혜전대학 최초의 규정집은 1996년 9월 1일에 발간되었다. 내가 김형덕 학장 비서실장으로 일할 때 거의 모든 일은 학장의 결재를 얻어 시행되었다. 그런데 비슷한 내용인데도 어떤 경우에는 재가가 되고 어떤 경우에는 결재를 받고도 못하는 경우가 많았으며 예산 지원도 경우에 따라 달라서 문제가 많았다. 그래서 규정집을 만들어 이에 따라 일관성 있게 학사업무가 추진해야 한다고 판단했다. 혜전대학 개교 이래 10년 이상 결재가 이루어진 사항을 모두 취합 분석하고 보다 합리적으로 체계화하여 모든 규정을 정비하고 규정집 초안을 만들어 학장님께 검토하시도록 하였다. 학장님께서 결말을 짓지 않으시고 청운대학교로 자리를 옮기시는 바람에 규정을 확정하여 발표하지 못하였다.

새로 부임하신 김희중 학장님께서는 업무결재나 어떤 사안에 대하여 결정을 해야 할 경우 정해진 규정이 없이 보직자들의 의견을 들어 정해야 하는 점을 답답해하셨다. 사실 규정집 시안을 내가 작성하였고 그 원안을 가지고 있는 것을 아는 사람은 없었다. 그래서 나는 김희중 학장님께 규정집 시안을 드렸고 규정을 확정하여 규정집을 발간하고 모든 일은 이 규정집의 내용을 원칙으로 삼아 정하자고 건의했다. 다행히 김희중 학장님께서 흔쾌히 승낙하셔서 우리 대학 최초의 규정집이 발간되었으며 대학행정의 기본이 되었다.

대학 발전방향에 관한 논의의 정례화

　기획홍보실장이라는 직책을 수행하면서 나는 우리 대학을 어떤 방향으로 발전시킬 것인가 고민이 많았다. 그러나 아무리 좋더라도 혼자만의 생각으로는 정당성을 확보하기 어렵다. 그렇기 때문에 대학발전 위원회를 구성하여 논의하고 싶은 바를 안건에 부쳐 논의하였다. 또 이 위원회에서 논의할 수 있는 사항을 광범위하게 설정하였는데 사실상 학교 전반의 제 문제를 다룰 수 있도록 하였다. 다행히 학장님께서나 위원으로 참여하신 교수님들이 진지하게 토론하시어 건설적으로 결론을 도출할 수 있었다.

　이 위원회를 통해 우리 대학 최초로 대학발전에 대한 논의를 하고 전 교수가 앞으로 자신의 학과나 학교가 어떤 방향으로 발전을 모색하여야 하는지 의견을 제출토록 하였다. 소위원회를 두어 다양한 분야에서 발전방향을 모색하고 의견을 내고 토론을 하였다. 이런 과정을 거쳐 구상한 발전방향의 시안을 가지고 1996년 12월

김종영 자서전 흔적

지리산에서 열린 동계 교수세미나에서 오랜 시간 진지하게 토론하였다.

이 세미나에서 가장 핵심적으로 초점을 맞추었던 내용은 바로 우리 대학의 특성화 분야 지정과 특성화 추진방향이었다. 나는 그 당시부터 우리 대학이 타 전문대학이나 4년제 대학에 비해 상대적으로 두각을 나타내기 쉽고 지역 여건상 조리 식품 분야가 특성화 분야로 적합해 이를 추진하기로 마음을 정한 상태였다. 이러한 계획을 어떻게 하면 대학 구성원들에게 알리고 동의를 받을까 고심하던 중이었다. 기대 이상으로 잘 끝났고 우리 학교의 미래도 희망적으로 전망할 수 있었기에 지금까지도 기억에 남는 세미나이다.

식품조리 분야의
특성화 추진

특성화 방안은 두 가지로 크게 분류된다. 하나는 혜전대학하면 떠오르는 분야를 한 분야로 지정하여 발전시키자는 것이고, 다른 하나는 각 학과나 계열마다 다른 대학에서는 다루지 않는 분야를 발굴하고 특화하여 우리 학생들이 타 대학 출신에 비해 우위를 갖도록 하는 것이다.

우선 대학의 특성화 분야로 나는 식품조리 계열의 특성화를 추진하였다. 앞으로 10년 후에 우리 학교가 어려운 환경을 이겨내고 살아남기 위해서는 남들보다 비교우위에 있는 분야가 한 가지는 있어야 했다. 4년제 대학에서 이미 개설되어 있거나 소위 도시 지향적인 학과는 우리 대학에서 경쟁력을 갖추기 어렵다. 간호 보건 계열도 고려해 보았지만 당시로써는 학과개설이 아주 어려웠다. 우리학교의 여러 상황을 고려할 때 식품조리 계열만큼 적합한 것은 없었다.

당시로써는 4년제 대학에 이와 관련된 학과가 개설되지 않았고 4년제 대학의 전공 특성상 4년이라는 긴 시간이 필요하지 않고 2년제 전문대학 교과과정을 통해서도 학생들이 충분히 경쟁력을 갖출 수 있으리라는 판단에서였다. 프랑스의 꼬르동 블루라는 조리학교도 2년 과정인 데 비해 세계적으로 유명한 조리학교가 되었다는 점이 나의 신념을 더욱 확고히 했다.

식품 분야 특성화를 내가 주장하였을 때, 학장님께서 잘 이해해주셔서 부처장 연수나 식품산업 연구소 개소, 1996년 제과제빵과 신설, 1999년 외식산업과 신설 등 관련 전공학과를 계획대로 개설하였고 조리빌딩 신축이나 혁신적인 실습실 운영계획 등의 과제는 점차 추진하여 실행할 단계에 이르렀다.

1997년 11월 특성화 분야 연구소로 개설된 조리제빵연구소는 1998년 내가 직접 작성한 '특성화 분야 추진을 위한 과제'를 교육부에 응모하여 2억 원의 육성 지원금을 받아 식품산업 연구소로 확대 개편하였다. 사무실을 제공받고 지원금을 활용하여 관련 비품과 장비를 구입하였으며 본격적으로 특화사업과 관련된 일을 하게 되었다. 초대 연구소장은 진양호 교수가 맡았는데 진양호 교수가 이직한 후에는 임시로 내가 연구소장을 겸직하게 되었다.

내가 식품산업 연구소장을 맡고 있는 동안 홍성군 장곡면 지정리 특색사업인 잠사사업과 관련된, 연구 지원 사업을 수행하도록 하였다. 이 밖에도 대운식품과 각종 젓갈 연구, 갈산 토기와 도자기 공예과가 협력하여 토기 개량 사업도 하였고, 시각디자인과에 부탁하여 홍성군 내 영세 사업자의 상표 디자인과 포장디자인을 무료로 제작·제공하였다. 그 밖에도 군 내의 다양한 업체에 도움을 주는 협력 사업을 구상하고 추진하였다. 나는 이 분야 전공자가 아니었으나 관련학과 교수로 조직을 정비하고 홍성군 내 각종 식품 업체와 영농법인 등과 유기적인 협조체계를 구축하기 위하여 노력하였다.

이 계획이 받아들여져 조리식품 분야 모집인원 수의 증가나 관련 시설의 확충 등 많이 성장한 것은 사실이나 교육 프로그램의 발전이 없어 사실 이 분야에 대해 특성화 대학이라고 주장하기가 민망한 처지가 되었다. 지금은 그저 관련학과 학생을 많이 뽑는 대학이 되었다는 기분이다. 아무튼, 이 분야 학과는 많은 입학생을 모집하여 특성화 추진 후 약 20년간 괄목할 만한 성장을 하였고 학교의 재정에도 많은 기여를 하였다고 생각한다.

HDP 2000

    기획홍보실장의 임무를 수행하는 동안, 특별히 내게 지시된 업무는 없었다. 학장님께서도 구체적 임무를 부여하거나 과제를 주시지 않고 재량껏 하도록 맡겨주셨다. 그래서 나는 자발적으로 여러 가지 업무를 처리하고 정책을 추진하였다. 어떤 관점에서 보면 학교의 모든 일은 다 내가 관여해야 할 일인 것 같기도 했고 아무 일도 안 해도 될 것 같기도 한 애매한 위치에 있었다.

    어찌됐든 나는 보직의 이름값을 해야 했다. 물론 나의 전유물은 입시였다. 홍보는 입시와 밀접하게 관련될 수밖에 없으니 더욱 적극적으로 입시관련 업무를 총체적으로 책임지고 할 수밖에 없었다. 학교의 월중 일람표를 매월 제정하여 학교의 업무가 체계적이면서도 명시적으로 돌아가게 하는 일도 주도적으로 하였다.

    여러 업무 중에서 항상 고민하고 추진한 문제는 10년 후를 전망하며 우리 대학을 어떤 모습으로 발전시켜야 하는가였다. 그래서 우선 세기가 바뀐다는 2000년을 1차 발전 목표시점으로 보고 그 때까지 달성해야 하는 목표를 정하고 혜전가족 모두가 합심하여 달성하도록 독려하여야겠다고 생각했다. 그래서 혜전 발전 계획 2000(Hyejeon Development Plan 2000 : 약칭 HDP 2000)이라는 슬로건을 내세우고 발전계획을 구상하여 논의하고 추진하였다. 중심요지는 다음과 같다.

· 2000년도에 학생 모집인원을 2,000명으로 한다.
· 각 과별로 교육과정을 특성화하고 관련 유명 산업체와 협력시스템을 구축한다.
· 대학 전체의 특성화는 식품조리 분야로 선정하여 특성화한다.
· 학과를 증설하거나 증원할 때는 간호 보건 계열의 학과를 증설하거나 증원한다.

다행히 나는 중요보직을 계속 수행할 수 있어서 나의 계획을 알리고 설득하는 등 동의를 얻어 2000년에 2,000명의 입학생을 모집하여 중규모 전문대학으로 발전시키는 데까지는 성공하였다. 교육의 질과 교과과정의 특성화를 더욱 추진하여 대학을 전국 전문대학 중 적어도 50위권 안에는 들 수 있도록 하겠다는 목표는 보직 일선에서 물러나는 바람에 마음에만 남겨야 했다.

적극적인 홍보활동과
입시 결과 분석

혜전대학 홍보를 위하여 출연한 EBS 교육방송에서 학생과 함께

　나는 기획홍보실장이다 보니 항상 입시 관련 업무를 수행할 수밖
에 없었으므로 입시시즌이 지나면 반드시 입시 결과를 여러 가지
관점에서 분석하여 교수들에게 발표하였고 차기 년도 입시홍보계
획을 짜는 데 참고하기도 하였다. 다른 이의 도움 없이 모든 자료
는 정리하고 분석한 후 출판하였다.

입시홍보를 위하여 다양한 홍보 매체를 활용하였다. EBS 교육방송에서 우리 대학을 소개하는 30분짜리 특별프로그램을 제작하여 방영하도록 하였는데 이때 학생과 함께 EBS 교육방송의 프로그램인 대학정보뱅크에 출연하였다. 인근 지역인 대전의 TJB의 아침시간 생방송 대담 프로그램에도 출연하여 우리 학교를 알렸다.

그 외에도 전문대학 전문잡지에 광고와 소개기사를 싣도록 하였다. 대학 홍보지는 1994년 겨울에 '혜전대학 소식'이라는 제호로 뉴스레터가 발행된 것이 시초이다. 어느 순간 발간을 못하고 있다가 효과적인 홍보를 위해서는 소식지를 체계적으로 잘 편집하여 입시준비생이나 학부형 등에게 제공하면 좋겠다는 생각으로 우선 소식지를 제작하기로 했다. 몇몇 교수들로 편집팀을 구성하고 K교수의 편집과 P교수의 디자인으로 소식지를 발간하였다. 소식지에는 전년도 입시분석, 당해 연도 입시안내, 재학생 코너, 학과소개, 주요 학내소식 등으로 구성되었다.

지역사회에서
사랑받는 대학

1997년에 홍성신문에 투고한 글

청운 이종성 선생께서 1981년 혜전대학을 설립하여 1982년
본 대학이 개교한 이래 15년 동안 혜전전문대학은 질적·양적
발전을 거듭하여 전국에서 진가를 인정받고 있습니다. 본 대학
은 지난 94년 교육부 주관 전국 전문대학 종합평가에서 전국 1
위를 차지할 정도로 내실 있는 발전을 하였을 뿐 아니라 혜전전
문대학 발전을 발판으로 충남산업대학을 설립하여 홍성을 충남
서부지역 대학교육의 중심지로 비약하게 하였습니다. 본 대학
의 발전이 여기에 이르기까지 본 대학 가족의 헌신적인 노력은
물론 홍성을 비롯한 인근 지역주민의 따뜻한 관심과 보살핌이
기여한 바가 크다고 생각합니다.

우리 모두는 정보화 사회의 도래를 목전에 두고 있습니다. 좋든 싫든 우리는 사회변화에 적응하지 않으면 안 되는 상황입니다. 대학 또한 경쟁력을 갖추지 않으면 살아남을 수 없게 되었습니다. 이러한 사회 상황은 대학과 주민이 서로 협력하여 새로운 관계를 설정하도록 강요하고 있습니다.

우리 대학은 홍성을 비롯한 충남 서부지역의 주민들로부터 사랑받는 대학이 되기 위한 프로그램을 개발하고 시행할 것입니다. 우리 지역에서 원하는 것, 지역사회에 도움이 될 수 있는 것을 찾아 지역의 산업, 문화, 경제 발전에 이바지할 것입니다. 97학년도에 우리 대학은 지역특산품의 상표개발 및 식품분석 등을 통해 지역특산품의 질을 높이고 홍보에 도움을 주어 지역경제에 이바지할 것입니다. 공업화학 실험실, 도예실습실 등 학교의 시설을 개방하고 전공교수의 전문적인 조언을 통해 지역 중소기업 발전에 기여할 것입니다. 호텔조리과나 호텔제과제빵과의 시설이나 교수들의 활동을 통해 지역 음식업 또는 제빵업의 수준을 끌어올려 전국적으로 명성을 얻도록 할 것입니다. 이상 몇 가지 예시를 하였으나 대학이 가지고 있는 지적·물적 자원을 지역과 연계하여 대학이 지역에 도움을 줄 수 있는 분야를 본 대학 지역 사회문화 연구소 등을 통하여 꾸준히 검토할 것입니다.

이와 더불어 지역에서도 지역사회가 대학의 주인이라는 의식을 갖고 대학에 도움을 줄 수 있는 바가 무엇인지를 찾아 실행하는 노력을 하여야 할 것입니다. 교육전문가들은 3, 4년 후

김종영 자서전 흔적

에 대학의 위기가 올 것이라고 합니다. 어느 대학이 먼저 위기에 봉착할 것이냐 하면 지역사회에서 사랑받지 못하는 대학이 될 것입니다. 지역주민의 자녀를 외지 대학에 입학시키고 외지에서 온 학생들에게 불친절하고 주거 생활비가 높아 타 지역에 비해 경쟁력을 잃게 되고 지역주민이 학교에 대한 애정이 없는 지역의 대학이 가장 먼저 도태될 것입니다. 대학의 발전이 지역의 문화발전이나 지역경제에 얼마나 도움이 되는가 하는 것은 강조할 필요조차 없을 것입니다. 우리 모두는 대학이 지역에 무엇을 주는가를 논하기 전에 대학을 열심히 가꾸어야 할 것이고 그것이 우리 모두를 위하는 길이 될 것입니다. 대학도 지역사회로부터 사랑받는 대학이 되기 위하여 가일층 노력할 것입니다.

대학에 진학할 딸을 둔
친구에게

학생유치와 홍보를 위해 2004년 1월 9일 홍성신문에 투고한 글

　　지난 연말 자네는 결혼할 둘째 딸이 혜전대학을 졸업했다고
하였지. 진작 알았으면 학교 다닐 때 한번 만나서 격려라도 하
여줄 걸, 하고 순간적으로 미안한 생각을 하였다네. 자네는 첫
째 딸이 이름만 말하면 모를 사람이 없는 4년제 대학을 졸업하
고도 변변한 직장생활도 못하고 시집가버린 데 비해, 둘째 딸
은 혜전대학을 졸업하자마자 곧바로 좋은 직장에 입사하여 자
기 힘으로 결혼을 하게 되었으며 결혼 후에도 계속 직장 생활을
할 수 있게 되었노라고 대견해했지. 자네는 셋째 딸 얘기도 하
였어. 이번에 대학에 진학하는데 잘 설득하여 혜전대학에 진학
하도록 하겠다고. 자네는 딸을 혜전대학에 입학시키려 한 이유

를 다음과 같이 말했었지. 자녀가 집에서 대학을 다닌다면 경제적으로 도움이 되고, 자녀를 집에서 돌볼 수 있으니 걱정이 없으며, 혜전대학의 취업률이 4년제 대학에 비하여 높으며 취업의 질도 결코 뒤지지 않는다는 점을 들었잖아. 그런데 요즈음 시내 여기저기에 나붙은 현수막 좀 보게나. 미달되는 4년제 대학이 많고 4년제 대학을 졸업하고도 직장 잡기가 어려운 요즈음 세상에 4년제 대학에 합격하였다는 게 무슨 자랑이란 말인가. 대학 졸업 후 어디서 무슨 일을 하며 살고 있는지가 중요하지. 모 실업계 고교는 4년제 대학에 졸업 예정자의 반수 가량이 합격하였다고 교문 앞에 현수막을 내 걸었더군. 현수막은 오가는 사람에게 끊임없이 다음과 같이 얘기하고 있었어. 〈우리는 인문계 고등학교에 뒤지지 않는다.〉 그 뒤에 숨어있는 이야기는 무엇인가. 〈이제 실업계 고교는 필요 없다.〉 아닌가. 실업계 고교를 졸업하면 직장에 취업을 하거나 전문대학에 진학하는 게 옳지 않은가. 고등학교 때는 직업교육을 받고 대학은 일반대학에서 학문을 하겠다고? 실업계 고교를 졸업하고 4년제 대학에 진학한 학생들 대부분은 대학에서 배우는 학문을 소화하지 못한다는 사실을 아나? 모 인문계 고등학교에서 진학 지도를 맡고 있는 선생님 한 분이 지난 연말에 내게 전화를 했더군. 자기네 학교에서 성적이 제일 뒤진 학생이 글쎄 4년제 대학에 합격했다는 거야. 그러니 전문대학에 보낼 학생들이 없다는 거지. 그 선생님은 혜전대학 예찬론자였어. 개교 때부터 매년 90%가 넘는 취업률을 올렸고, 학생들이 좋아하는 전망 있는 학과가 많으며 시설도 훌륭하고, 무엇보다 교수들이 학생들을 친절하게 보살펴 준다고 생각하고 있거든. 후일 나는 그 선생님께 이런 말씀을 드렸네. 〈그 학생이 4년제 대학을 갔다는 자랑일랑 하지 마시지요. 실무를 교육하는 전문대학이라면 몰라도 학문 중심의 4년제 대학교육을 그 학생이 따라갈 수 있다고 생각하지는 않겠지요? 대학 선택을 잘못하여 앞으로 많은 날 후회할 게 뻔합니다. 그리고 먼 훗날 대학 진학 때 자신에게 맞는 진학 지도를 해주신 선생님은 없었다고 말하고 다닐 지도 모릅니다.〉그 선생님은 이렇게 말씀하시더군. 〈저는 제자들에게 학업능력이나 가정형편, 그리고 대학 졸업 후 취업을 고려하여 전문대학에 진학하도록 권고하고 있지만 학생도 그 부모님도 내 말을 알아듣지 못하여 안타깝습니다. 사실은 부모님 설득이 더 어려운 형편입니다. 많은 학부모님들은 자식이 졸업 후 백수로 놀아도 4년제 대학에 보내고 싶다는 거예요.〉친구. 〈사오정〉, 〈오륙도〉, 〈삼팔선〉 이런 말들을 들어봤지. 요즈음은 〈이태백〉이라는 말이 유행이야. 이십대 태반이 백수라는 뜻이지. 이십대 백수 중에서 전문대학 졸업자가 많을지 4년제 대학 졸업자가 많을지 생각해 보게나. 20대를 온통 대학 언저리에서 맴돌다 사회로 나오면 백수로 내몰려 도서실이나 학원가에서 방황하는 젊은이들이 얼마나 많은가? 나는 주로 옷을 맞추어 입는 편이라네. 왜 옷 이야기를 하느냐고. 맞춘다는 것의 중요함을 이야기하고 싶어서야. 능력에 맞추어 대학에 진학한다는 게 옷을 맞추어 입는 것에 비하면 얼마나 중요한 일이겠나.

선택을 잘못하여 4년제 대학을 졸업하고 전문대학에 다시 입학하는 학생들도 많다네. 대학을 졸업하고 나서야 자기가 옷을 잘못 골라 입은 것을 깨닫게 되지. 나는 4년제 대학에 맞는 학생이 있고 전문대학이 잘 맞는 학생이 있다고 생각해. 경향신문 2003년 12월 24일자 사회면에 〈학년 오를수록 학력 떨어진다.〉라는 기사가 있었네. 교육과정 평가원에서 2002학년도에 우리나라 초중고 학생들의 학력을 측정한 결과 기초학력 미달자가 초등학교 6학년은 4.1%, 중학교 3학년은 7.3%, 고등학교 1학년 학생은 10.4%에 달한다는 내용이었어. 읍, 면, 지역 학생들의 학력 성취 수준은 훨씬 심각하여 평균 4명 중 1명꼴로 기초학력 미달 자라는 거야. 그런데 이들도 마음만 먹으면 4년제 대학에 간다는 거지. 몸에 맞지 않는 옷을 4년 동안이나 입고 다니는 격이야. 그러니 매년 대학에서 쏟아지는 인력은 많아도 기업에서는 마땅한 인재가 없다고 아우성이지 않나. 친구. 나는 이 편지를 읽은 학부형들의 자녀들이 복수 지원으로 다행히 여러 대학에 합격하고서 어느 대학으로 진학을 하여야 할지 저울질 하리라 믿네. 내가 지난 가을에 인근의 몇몇 고등학교 3학년 학생들을 대상으로 대학 진학에 대한 그들의 생각을 조사하여 보았는데 예상했던 대로 어떻게든 4년제 대학에 진학하겠다는 거야. 전문대학에 진학하더라도 서울이나 수도권으로 가겠다는 거지. 왜 학생들이 수도권에 가고 싶어 하는지 아나? 집을 떠나고 싶고 도시문화를 즐기고 싶다는 거야. 그러니 부모의 올바른 판단이 필요한 게지. 친구. 자네 막내딸이 혜전대학에 입학하면 내 성심성의껏 지도하여 자네의 판단이 백 번 옳았음을 증명해 주고 싶네. 며칠 전엔 홍성 출신 기업가를 만났는데 홍성 출신으로 혜전대학에 입학하여 공부하는 학생 가운데 몇 명을 선발하여 장학금을 주어 공부하게 하고 자신의 회사에 중견사원으로 키우고 싶다고 하더군. 나는 혜전을 아끼는 사람들이 여기저기 많이 있음을 알고 더 열심히 노력하여 새로 맞을 제자들을 반듯하게 키워낼 테니 아무 걱정 말고 딸이 혜전대학에 입학하려 한다는 것을 자랑하고 다니게!

르 꼬르동 블루를
찾아가다

부처장 유럽 연수 시 프랑스 에펠탑 앞에서

  1997년 김희중 학장님과 각 부처장, 그리고 조리과학과장을 단원으로 연수단을 구성하여 유럽연수를 실시하였다. 단장은 기획홍보실장을 맡고 있던 내가 맡았고 여행 구상부터 계획 확정까지 모든 과정을 관장하였다. 이 연수를 계획한 이유는 우리 대학에서 호텔조리 분야 특성화를 추진하고 싶은 나의 구상에 학장님을 비롯한 부처장들의 동의를 구하기 위해서였다.

  연수에서 중점을 두었던 분야는 스위스에서 호텔전문학교인

Tivoli Caton을 방문하여 교육과정과 교육과정의 운용에 대하여 설명을 듣고 세계적으로 요리학교로서 유명한 프랑스 파리의 르 꼬르동 블루를 방문하여 학교운영에 대하여 설명을 듣는 일이었다.

프랑스 요리 전문학교는 강의실이 모두 극장식으로 되어 있었다. 교수가 시범 강의하면 학생들은 자신의 실습대로 가서 두세 시간 정도의 시간 동안 각자 당일 배운 내용을 토대로 창의적인 요리를 한다. 그리고 그 결과를 교수한테 평가받는다. 여기서의 수업은 이러한 식으로 진행되었다. 특히 꼬르동 블루라는 전문대학이 세상에 알려진 유명세에 비하면 규모나 시설 등 외양 면에서 그리 내세울 게 없는 수준이었다. 그럼에도 불구하고 세계적인 명성을 얻게 된 것은 알차게 운영되는 교육 프로그램 때문이라는 생각이 들었다. 학교의 건물이나 시설보다 중요한 것은 교육프로그램이었다.

스위스 관광대학에서는 교과과정의 운영방법을 배웠다. 우리는 한 분야를 조금씩 쪼개어 학기마다 교육시키는 시스템이어서 한 학기 끝나서 할 수 있는 일은 별로 없는 반면 스위스의 교육 프로그램은 매 학기 한 분야를 집중적으로 교육시켜 한 학기가 끝나면 반드시 관련 분야 현장에서 유급 실습을 한다는 점이었다. 매 학기 한 가지 분야를 온전히 할 수 있도록 매 학기 완성교육을 추구하고 있었다. 나는 이점에 깊은 인상을 받아 우리의 시스템을 바꾸고 싶었으나 이루지 못했다.

김종영 자서전 흔적

아쉬움 넷
−내 머릿속의 조리빌딩

건물을 세우는 것이 특성화에서 주된 것은 아니다. 하지만 규모를 키우고 특색 있게 하기 위해서는 조리빌딩을 특색 있게 신축하여 활용하는 것이 기본이라고 생각하였고 나는 틈이 있을 때마다 조리빌딩의 신축을 건의하였다. 이 빌딩을 중심으로 식품, 조리, 제빵, 호텔경영학과 등을 한 분야로 묶어 상호의존하고 상생 발전했으면 싶었고, 특히 예식장이나 카페 레스토랑 등 학교사업을 하여 실습 겸 수익사업도 하고자 했다. 그래서 건물의 신축 위치는 교문 앞 국도변에 두거나 교문 바로 옆에 두어 외부인도 쉽게 접근할 수 있도록 하고 싶었다. 건물의 강의실도 학생 편에서 볼 때 르꼬르동 블루처럼 조리대가 내려보이도록 극장식으로 설계되기를 바랐다.

이 논의는 IMF가 터져 국가 전체에 어려움이 닥치자 빛을 발하지 못하고 사업 규모는 대폭 축소되었다. 결국 협동관 뒤편에 확장

공사를 하여 늘어나는 실습실을 확보하도록 조치하는 데 그쳤는데 이것은 내가 그리던 특성화하고는 너무 거리가 멀었다. 그러다 결국 창의관이라는 식품조리 전용 빌딩을 신축하여 운용하게 되었으나 이 역시 내 구상과는 동떨어진 것이었다.

동계
교수연수

지리산 세미나에서 참가 교수 일동과 함께

　나는 1996년 12월 18일부터 21까지 3박 4일 동안 지리산 프라자
호텔에서 동계 교수연수를 계획하고 주관하였다. 이 연수에서는
2000년도 2,000명의 입학정원을 모집하는 HDP 2000프로그램과
조리식품계열을 특성화하겠다는 목표를 제시했다. 이에 따라 대학
발전 소위원회에서 사전 준비한 연구 자료를 가지고 대학 발전방안
에 대한 토론을 벌였다. 나는 사회자로서 세미나를 진행하였다. 아

침 9시에 시작한 세미나는 저녁식사 후 밤 11시가 되어서야 끝났는데 오랜 시간이 소요된 이유는 그만큼 분야별로 진지한 토론을 하였기 때문이다.

1999년도 동계 교수연수는 12월 23일부터 25일까지 충무 통영 마리나 리조트에서 개최되었는데 세미나를 리드할 수 있는 전문가 박대순 팀장의 도움을 받아 효과적인 입시 지원자 유치방안에 대한 토론을 가졌다. 이 토론 역시 밤늦도록 진지한 분위기에서 진행되었다.

충무에서 세미나 중 분임토의 장면

김종영 자서전 흔적

아쉬움 다섯
-홍성군 민관학 협력 시스템 구축 계획

　기획홍보실장을 하고 식품산업 연구소장을 겸하면서 대학이 지역사회의 중심에 서기 위해서는 혜전대학이 지역사회를 위해 무엇인가 공헌을 하여야 했다. 그러기 위해서는 우리 대학이 중심이 되어서 민간과 행정관청, 산업체와 대학이 공동으로 참여하는 시스템이 구축되어야 한다고 생각했다.

　이를 추진하기 위해 나는 홍성군 기업인 협의회 회장, 홍성군 농협 지부장과 축협조합장, 청운대 총장, 홍성군수를 직접 만나 홍성군 산학관연 협의체 구성에 대하여 취지를 밝히고 협조를 구했다.

　홍성군 산학관연 협의체의 구성방식과 규약, 운영방안에 대한 규정 등은 각 기관의 실무자들이 수차례 만나 협의하여 골격을 잡았고 각 기관의 대표가 참석한 가운데 협의체 결성식을 가졌다. 이 시스템이 구축되면 이 협의체에 참여하고 있는 모든 인력자원을 활용하고 각각의 능력을 규합하여 홍성 발전에 기여를 하고 전국적으

홍성군 산학협력 협의회 창립총회를 마치고 현판식에서

홍성군 산학협력 협의회 창립총회에서
인사 말씀하시는 이재호 학장님

로 우수 사례로 지정되도록 하고자 했다. 더불어 정부 지원을 받아 지역산업에 기여하고 지역의 특산물을 홍보하고 대학의 발전에도 기여할 수 있도록 도모하고 싶었다. 그러나 나는 기관장이 아니어서 활동에 제약이 많았고 기관장들도 적극적으로 활동하지 않아 결국 흐지부지되고 말았다.

나는 혜전대학 정문 앞동산에 홍성군 산학관연 센터를 만들고자 했다. 여기서 혜전대학이나 청운대학교, 기능대학의 모든 연구소가 입주하고 홍성군 기업인 협회의 협조를 얻어 모든 생산품을 전시하고 판매할 생각이었다. 또한 홍성군에서 생산되는 농산품이나 축산품, 수산품 등을 홍보하고 판매할 수 있는 공간을 확보하여 이들 제품들이 원활히 소비되기를 기대했었다.

이 사업을 원만히 발전시켰더라면 중앙 정부의 지원을 많이 받아 혜전대학의 역할이 훨씬 강화되어 학교 이미지를 획기적으로 개선할 수 있었을 텐데, 아쉬움이 크다.

아쉬움 여섯
−삼보컴퓨터와 협력 시스템 만들기

　대학이 발전하기 위해서는 유망한 기업체와 관련 학과가 유기적으로 협력할 수 있는 협의체를 만드는 것이 중요하다. 이러한 시도의 일환으로 삼보컴퓨터 이용태 회장님께 특강을 부탁드리고 이번 기회에 함께 협력하자고 제의하여야겠다고 생각했다. 당시 삼보컴퓨터는 우리나라 컴퓨터 산업의 선구자로서 활발한 사업을 하고 있었고 이용태 회장은 이 분야의 선구자셨다. 삼고초려 끝에 1999년에 삼보컴퓨터 이용태 회장님께서 우리 대학에 오셔서 특강을 하시게 되었다. 나는 예의를 갖추느라 청운대학교에 협조를 요청하여 특강 장소는 청운대학교 강당으로 정하고 양쪽 대학생 모두가 청강하도록 지도하였다.

　강의가 끝나고 학장실에서 담화를 하면서 나는 끈질기게 우리 대학과 협력관계를 맺으면 상호 도움이 될 터이니 그리하자고 건의하였고 이회장님도 긍정적으로 받아들이셨다. 그 후 여러 차례 실무

김종영 자서전 흔적

삼보컴퓨터와의 산학협력 조인식

자 간 논의 끝에 12월 29일 나는 관련 교수들과 함께 삼보 서비스 본사에 가서 협력 체결서에 서명하였고 약간의 교육 기자재를 받아 왔다. 그 후 우리 대학 컴퓨터 서비스 과에 겸임교수 파견, 혜전대학 졸업생의 특별채용 등 교육협력이 이루어졌다.

이 과정에서 나는 학교가 회사에 부담이 되지 않도록 할 것을 관련 교수님께 늘 부탁드렸다. 우리가 좋은 관계로 발전하려면 상대방에게 부담을 가중시켜서는 안 된다는 생각에서였다.

잘 진행될 거라 예상했지만, 삼보컴퓨터 경영이 어려워져 협력 시스템 진행도 어렵게 되어 아쉬움이 크다.

교사연수학교 지정 및 사회 교육원 개원

　우리 대학을 식품조리 특성화대학으로 발전시키기 위하여 노력하는 중에 충청남도 내 초·중·고등학교 선생님을 대상으로 한 단기연수(60시간) 과정을 개설하면 선생님들은 연수 점수를 인정받을 수 있고 우리 대학은 선생님들께 학교를 홍보하는 데 도움이 되리라 판단되었다. 이에 충청남도 교육청 연수교육기관으로 인정받기 위해 설득하고 노력을 하여 전문대학 최초로 교사 연수기관 자격을 획득하였다.

　이듬해에는 교육부로부터 직접 연수기관 자격을 부여받아 전국 단위로 연수자를 모집하였고 조리과정과 제빵과정, 도자기공예 과정의 연수를 하였다.

　외식 산업과가 주도한 사회교육원은 수년간 지속되었는데 관련 교수의 열성으로 홍성을 중심으로 한 충남 서부지역에서 요식업을

김종영 자서전 흔적

경영하시는 분이 많이 참여하여 이 지역 외식산업의 수준을 한 단계 높이는 역할을 하였다. 강의를 맡으신 분들도 우리 학교 교수뿐 아니라 관련 분야에서 명성이 높은 분들이 많이 수고하셨다.

※해전대학 특수분야 자율연수 기념※
1999.1.5~1.15

사회 교육원 개강식에서

세상은 빠르게
바뀌고 있다

지나고 보니 우리 대학의 태평성대는 1990년대였다고 생각된다. 이때가 우리 대학으로서는 정착기이면서 팽창기였다. 나는 이때 중요보직을 맡아서 많은 일을 할 수 있었다.

90년대에는 세기가 바뀌는 2000년이 되면 20세기보다는 모든 면에서 더 좋아질 거라는 믿음이 있었는데 2000년이 지나고 보니 이 믿음은 틀렸다는 것을 알았다. 물론 과학기술이나 의학 등 모든 분야가 발전한 것은 맞지만 그런 것들이 우리를 더 행복하게 해 주거나 우리 대학을 좋은 대학으로 만들어 주지는 않았다.

분명한 것은 정보통신 분야의 급격한 발달로 사회의 패러다임이 빠르게 변하기 시작했다는 점이다. 21세기의 사회는 우리가 이전까지 경험했던 많은 것들을 빠르게 무용지물로 만들어 버렸다. 항상 새로운 것, 더 나은 것을 추구하고 그것도 더 빠르게 달성하여야 가치가 있었다. 더구나 누구도 우리의 10년 후 앞날이 어떻게

김종영 자서전 흔적

될 것이란 걸 예견하기가 어려워졌다.

2000년도가 되니 변화의 속도를 감당하기가 어려웠다. 삶의 연륜이 주는 지혜는 분명 쌓였다. 그러나 젊은 세대만큼 순발력 있고 시대감각에 맞게 대학을 이끌어 나갈 자신은 없었다. 나는 이렇게 빨리 변하는 시대에 나 자신을 지탱하기도 버거웠다. 나의 역할은 여기까지란 생각이 들었다. 내가 머릿속에 그리고 있던 가치 있는 아이디어를 완성시키지는 못했으나 다른 사람이 일을 할 수 있도록 남겨놓는 것도 잘하는 일이라는 믿음으로 나는 보직에서 물러났다.

혜전대학이
좋은 대학이 되기 위하여

1. 살아남을 수 있는 학과를 개설하고 발전시켜야 한다

1995년경부터 나는 식품조리 분야의 학과를 키우고 특성화를 추진하였다. 그러면서 학장님을 비롯한 구성원들을 설득하고 동의를 구하며 행동을 이끌어냈고, 이 분야가 혜전대학의 기둥이 되도록 노력하였다. 또 당시로써는 간호 보건 계열의 신설과 허용이나 증원이 철저하게 봉쇄되어 있던 시절이었기 때문에 우리 대학에서 이 분야의 중요성은 컸다. 나는 이 분야가 잘되어서 우리 대학을 20년간 지탱할 수 있게 한다면 큰 축복이라 생각하였다. 다행히 이 분야는 20년간 발전되어 왔다.

그럼에도 4년제 대학이나 다른 전문대학에서도 식품조리 분야의 학과를 계속 개설하여 양적 팽창만 하고 질적 특성화를 이루지 못하고 있다. 이처럼 계속하여 현실에 안주한다면 이 분야가 앞으로 어떻게 될 것인지는 알 수 없다. 이는 우리 대학에도 큰 타격을 줄 수도 있으니 미리 질적 특성화를 달성하여 타 대학과의 차별화를 위해 끊임없이 토론하고 연구하여 성과를 내기를 기대한다.

2002년 교학처장이라는 보직에서 물러나면서 학장님께 앞으로 10년에 대한 구상을 남겨 드렸다. 내 생각으로는 앞으로 기계화가 가속화되고 지식정보화 사회로의 발전도 가속화되어 유망한 전공의 부침이 급격히 이루어질 가능성이 클 것 같다. 그래서 우리 대학의 발전방향은 인간의 손이 필요한 분야로 모색해주기를 희망하는 내용의 구상안이었다.

첫째, 식품조리 분야 특성화를 계속하여 추진할 것.

둘째, 간호보건 계열 학과의 신설이나 증원을 위해 노력할 것.

셋째, 유아교육, 사회복지 등 유아교육과 복지 관련 학과를 발전시킬 것 등이었다.

위 학과들은 전문대학의 성격에 맞으며 인간의 손으로 이루어지는 특성을 가지고 있다. 비교적 정보화와 덜 관련된 학과로 시대의 부침에 영향을 적게 받고 안전적으로 대학을 유지시키는 데 도움이 되고 일자리가 안정적으로 확보될 수 있는 분야라 하겠다.

2. 대학의 기본은 교육이다

21세기 급변하는 세상에서 우리는 지금 무엇을 해야 하는가? 10년 후 사회에서 필요한 학과를 개발하여 선도적으로 나가야 한다.

좋은 말이다. 그러나 그런 학과가 무엇인지 쉽게 알 수 있는가? 또한 지금 우리가 가지고 있는 것을 다 버리고 그런 학과를 개설하기가 쉽겠는가?

기본에 충실하자. 전문대학을 발전시키기 위하여 우리가 우선적으로 하여야 할 것은 무엇일까? 어떤 사람들은 입시홍보를 잘하여 좋은 학생을 많이 유치하여야 한다고 하고 어떤 사람들은 좋은 직장에 학생들을 취업시켜야 한다고 주장한다. 또 어떤 분들은 교육부 지원 사업을 잘해야 한다고 주장한다. 다 부분적으로는 맞는 말이다. 그러나 나는 그보다 학교는 교육을 위해 존재하는 곳이기 때문에 교육 본질에 충실하여야 한다고 믿는다. 물론 우수한 학생이 입학한다면 좋은 학교 만드는 데 도움이 될 것이다. 그러나 이미 좋다는 평판을 얻지 못한 학교에 우수한 학생이 지원할 리도 없다. 우수한 학생이 아니니 좋은 직장을 구해줄 수도 없다. 결국 우리가 할 수 있는 일은 어떤 학생이건 우리가 받을 수 있는 학생들을 최선의 노력을 다하여 교육시켜 그나마 보다 나은 졸업생을 배출하여 좋은 일자리를 얻을 수 있도록 하여야 한다.

교육이 우리의 본업이고 본질이다. 교육의 질을 높이기 위하여 체계적이고 종합적인 노력이 필요하다. 교육과정을 합리적이고 훌륭하게 편성하여야 한다. 교수 편의를 위하여, 교육예산을 고려하여 교육과정을 편성하지 말아야 한다. 우리 학생들의 수준을 고려하고 산업계에서 필요한 인재를 양성하기 위한 많은 연구와 노력이 필요하다. 학생들이 따라오고 받아들여 교수와 학생이 같이 가꾸어 나갈 수 있는 교육과정 구성이 필요하다. 그런 노력을 우리는 체계적으로 하지 못했다. 특별한 연구 없이 수시로 교육과정을 변경하는 일이 많았다.

모든 학사시스템은 입시나 취업에 맞추지 말고 교육본질에 맞추어야 한다. 교수의 연구나 사회활동 등은 그다음이다. 학생들을 통해 학교의 이미지가 구축되어야 한다. 그러기 위하여 학생들이 무엇을 생각하고 학생들에게 무엇이 필요한지, 학생들의 자발적인 학습 의욕을 돋우기 위하여 그들에게 해줄 일이 무엇인지 논의하여 시행하여야 한다. 학교에 대하여 재학생들이 가지는 인식이 학교를 발전하게 하고 퇴보하게도 할 것이다. 비록 학업 소양이 부족한 학생들이라도 그들이 학교를 자랑스러워하고 후배에게 소개하려 한다면 학교는 나날이 튼튼해질 것이다. 그래서 교수들은 늘 학교의 중심에 학생을 두고 쉼 없이 논의하여야 한다.

3. 학교의 중심은 학생이다

대학의 주인은 누구인가? 어리석게도 우리는 종종 이런 질문을 한다. 어떤 사람은 재단 이사장이라 하고 어떤 사람은 교직원이라 하며 어떤 사람은 학생이라 하고 어떤 사람은 지역사회라 한다. 나는 이들 모두가 주인이라 하고 싶고, 누가 주인이라 편들고 싶지 않다. 어쩌면 이것은 별 의미가 없는 일이기도 하다.

설립자이신 이종성 이사장님께서는 학교를 세운 자기 자신이 아니라, 우리에게 여러분이 주인이라 하셨다. 나는 평소 내가 우리 대학의 고용인이라 생각하지 않고 주인이라 생각했다. 그래서 무슨 일을 하더라도 불만을 제기하지 않았다.

나는 대학의 중심은 학생이라고 말하고 싶다. 학생이 있어서 학교가 존재한다. 학생이 학교의 최고 중요한 고객이다. 그러니 우리 교수들이나 직원들은 학생을 학교의 중심에 두고 그들에게 최고의 서비스를 제공하여야 한다고 믿는다. 그들을 잠시 여기 머물렀다가 가는 사람으로 여겨서는 안 된다. 대학의 기본은 교육이고 교육은 학생이 있어야만 가능하므로 학교에서 일어나는 모든 일의 중심에 학생을 두고 우리 모두가 그들을 위하여 무엇을 해야 하는가를 생각하고 실행하자.

4. 인사를 잘하는 혜전대학을 만들자

기획홍보실장을 맡고 있던 때의 일이다. 나는 우리 학교를 어떤 이미지를 갖는 대학으로 육성해야 할지 생각을 많이 했다. 그래서 전 교수들에게 아이디어를 구한 적이 있다. 평소 이런 문제에 관심이 없을 듯했던 L교수가 찾아왔다. 그는 우리 대학 학생들이 인사를 잘하는 학교라는 평판을 듣는 학교로 만들자고 제안하였다. 일본의 모 대학 학생들이 얼마나 인사예절 교육이 잘되어 몸에 배어 있던지 그 대학 하면 인사를 잘하는 대학으로 인식한다고 했다. 일본인들은 그 대학 학생들을 좋아하며, 좋은 대학 이미지 덕분에 취업도 잘된다는 것이다. 나는 참 좋은 아이디어라고 판단하고 인사를 잘하도록 하는 교육과정 운영을 추진하여 인사를 잘하는 특성화 대학으로 육성하고 대학 이미지를 굳혀야겠다고 마음먹은 적이 있다.

우리가 말로는 인성교육, 예절교육의 중요성을 이야기하지만 그것은 구호로 달성되는 것이 아니고 반드시 교육과정에 체계적으로 녹아 있어 학생들은 스스로 자기가 그런 교육을 받고 있는지도 모르게 인성이 함양되도록 해야 한다. 그때 그 작업을 제대로 하여 우리 대학이 지금쯤 인사를 잘하는 대학 이미지를 구축하였다면 참 좋았을 텐데 아쉽다. 또한 이런 아이디어를 준 L교수를 볼 때마다 미안한 마음이 들곤 하였다.

혜전대학이 지금부터라도 현재까지 학생들에게 주던 프로그램에 더해 체계적으로 학생들이 인사 예절을 잘 실행할 수 있도록 교육한다면 그래서 혜전대학생 하면 인사를 잘하는 학생들이지 하는 이미지가 떠오른다면 혜전대학은 번성할 수 있을 것이다.

또한, 혜전대학 가족 모두가 인사예절이 몸에 배어 있어 우리 상호간은 물론이고 학생과 학부모에게도 친절한 인사 태도를 가져야 할 것이다. 인사 하면 혜전대학! 이 얼마나 멋진 평판인가?

자식들에게

만일 영혼이 있다면
그래서 살아 있는 후손들이 나를 위해
무엇을 하는지 알 수 있다면
지금 내가 얘기한 대로 하는지 보고
그리 해주면 기분이 좋아질 것이다
너희들은 나의 귀엽고 예쁜 아들과 딸이고
사위와 며느리다

자식들에게

　사람이 출생하여 자라고, 어른이 되어 결혼하고, 자식을 낳아 기르고, 그러다 나이가 들고 몸이 쇠약해지고 병들고 죽게 되는 것, 이것은 세상의 이치이다. 과학이 발전하여 의술도 발전하였고 과거에 비해 인간의 수명이 크게 늘어 우리 대부분은 80세를 넘게 살게 된 것은 기본이고 100세를 건강하게 사는 사람들도 많아졌다. 오래 살 수 있다는 것은 개인에게는 좋은 일이기는 하나 고령자 문제는 사회에 또 하나의 풀기 어려운 숙제가 되었다.

　이처럼 사람들은 100시대를 이야기하지만 이제 나는 어느 날 갑자기 가족이나 주변인들과 헤어질 것에 대비할 나이이다. 그래서 그간의 나의 생각과 살아온 이야기, 바람 등을 정리하여 물려주고자 한다. 내가 비교적 이른 나이에 가족이나 지인들과의 이별에 대비한 까닭은 아버지, 어머니와 갑작스럽게 이별을 하였기 때문이다. 나도 갑자기 어느 날 가족이나 지인들과 작별인사도 하지 못한 채 갑자기 헤어질 수도 있다는 생각에 정신이 온전할 때 나의 이야기를 적어 남겨두어야겠다는 생각을 하게 되었다.

　아버지는 젊으셨을 때 건강하셨으나 어려운 살림에 우리 많은 형제를 키우시느라고 몸을 돌보지 아니하고 고생을 많이 하셨다. 그래서 그런지 남들보다 훨씬 일찍 몸이 허약해지셨고 어느 날 아침 갑자기 일어나시지 못하고 의식을 잃으신 후 말씀 한마디 못하시고 돌아가셨다. 나는 아버지께서 돌아가시는 모습을 망연자실 지켜보기만 하였다. 아버지께서는 하시고 싶은 말씀이 얼마나 많으셨을까. 그 후 나는 아버지께서 쓰시던 도장과 수첩, 안경 등 몇 가지 유품만 챙겨 아버지의 흔적을 잊지 않으려 노력하며 살아왔다. 그러면서 어머니 생전에 많은 대화를 나누어야겠다고 생각했다. 그런데 어머니께서도 어느 날 갑자기 뇌경색이 와 돌아가실 즈음에는 소중한 대화는 나누지 못하였다.

　내 가까운 친구가 나에게 "부모님은 자식이 효도할 때까지 기다려 주지 않는다. 살아계실 때 잘해 드려라." 하던 충고가 생각난다. 그 친구는 자기가 그리 못했으니 나라도 그리하라고 하였었다. 그런데 그런 충고를 들었음에도 나 또한 그리하지 못하였다. 우리의 이별도 갑자기 오게 되는 것이니 내 생각을 미리 적어 놓아 너희라도 나의 바람이나 남기고 싶은 말이 무엇인지 알았으면 하는 생각에서 나는 이 책을 쓴다. 자식 사랑은 내리 하는 것이다. 어른들은 늘 그렇게 말씀하신다. 내가 부모님께 효도를 다 하지 못했으나 내 자식을 잘 기름으로써 부모님의 기대를 다 했다고 자위하면서 살았다.

　동물을 보라! 동물이 태어나서 어미로부터 독립을 하고 나면 자식을 낳아 자식에게 사랑을 베풀며 살지 어느 자식이 어미아비를 섬기느냐? 이것이 자연의 법칙이라 생각한다. 부모를 섬기지 말라는 뜻이 아니다. 인간이 다른 동물과 다른 점은 부모를 잘 섬기는 것이고 이것이야말로 소중한 가치이다. 그렇더라도 부모에게 효도를 못 했다고 자책하지 말라는 것이다. 최고의 효도는 나의 손주를 너희가 잘 키우는 것이고 그것이 효도 중에 제일 큰 효도이니 너희 자식을 잘 키웠다면 나는 그것으로 만족한다.

지금 내가 하고 싶은 이야기는 이것이다.

첫째, 항상 생각하며 살아라. 세상의 모든 일을, 내 주변에서 내가 관여해야 할 모든 일을 신중하게 생각하고 또 생각하여 가능하면 잘못된 판단을 줄여라. 결과만 보지 말고 과정을 중히 여겨라. 과정이 옳고 정당하면 혹 결과가 나쁘더라도 이해될 수 있으나 결과가 좋아도 과정이 그르면 그것은 옳은 일이 아니며 사람들도 비난할 것이고 얻는 것보다 잃는 것이 많을 것이다. 자신만 생각하지 말고 가족 등 주변을 생각하고 가능하면 사회와 국가 그리고 인류를 생각해라.

둘째, 짐 지는 것을 두려워 마라. 큰일을 하는 사람일수록, 인류와 국가사회에 큰 공헌을 하는 사람일수록 큰 짐을 지고 살았느니라. 겨우 자기 가족을 부양하는 것도 무거운 짐이라 여겨 이기적으로 자신만 생각하며 사는 인생이 가치 있겠느냐?

셋째, 자기 관리를 잘해라. 누구든 세상을 살다 이 세상에서 사라지기 마련이다. 시간 관리를 잘해라. 무슨 일이든 때가 있다. 실기하지 마라. 공부해야 할 때 공부하고, 일할 때 일하고, 잠잘 때 자고, 사회와 국가를 위해 일해야 할 때가 오면 그 일을 피하지 마라. 어떤 일이든, 그것이 어렵거나 싫은 일이라도 기어코 해야 하는 일이라면 적극적으로 하라.

넷째, 형제끼리 서로 의지하며 살아라.

다섯째, 재산을 너무 많이 모으려 욕심부리지 말고 돈의 노예가 되지 마라. 지출은 수입의 범위에서 하라. 겉치장에 낭비하지 마라.

여섯째, 내 장례를 간소하게 치러라. 나의 형제와 가족, 그리고 내가 교류하던 친구들 외엔 사람들에게 알리지 마라. 그래서 내가 교류를 하지 않은 사람들이 문상하도록 하지 마라. 살아서도 인연이 없는데 그들이 문상을 해야 할 이유가 없지 않느냐? 너무 슬퍼하지 마라. 남들보다 조금 더 일찍 이 세상에서 사라졌다 하여도. 사람이 살고 죽는 것은, 조금 더 일찍 죽거나 오래 사는 것은 자식이라도 어쩔 수 없는 것이다.

수의를 입히지 마라. 내가 입던 신사복과 와이셔츠를 입히고 예쁜 넥타이를 매고 머리에 모자를 씌우고 양말을 신기고 화장을 하여라. 그리고 납골은 할아버지가 계신 납골당에 할아버지 곁에 안치하여라. 장례를 치를 때 제물을 차리지 말고 술도 올리지 마라. 제사도 지내지 말고 제사상도 차리지 마라. 혹여 영혼이 있다하여도 혼은 육체가 아니고 정신인데 제물을 먹을 수 있겠느냐? 그저 나를 기억해주는 자식이 있다는 것만으로 만족하지 않겠느냐? 내가 사망한 날 추모하지 말고 내가 살았을 때처럼 내가 태어난 생일날 모여 나와 함께 지냈던 즐거웠던 추억을 생각하며 놀아라. 예수나 석가를 따르는 자들도 예수나 석가가 태어난 날을 기억하고 축하하고 즐겁게 놀지 않느냐? 맛있는 것도 많이 차려 먹어라. 날씨가 좋은 날 내게 와서 자리를 펴 놓고 세상사는 이야기를 하다 가라. 만일 내가 들을 수 있다면 엿듣고 싶구나.

만일 영혼이 있다면, 그래서 살아 있는 후손들이 나를 위해 무엇을 하는지 알 수 있다면, 지금 내가 얘기한 대로 하는지 보고 그리 해주면 기분이 좋아질 것이다. 너희들은 나의 귀엽고 예쁜 아들과 딸이고 사위와 며느리다. 나는 언제나 너희들을 사랑한다.

아버지의 자서전
출간에 부쳐

아빠께 박수를 – 김민경
우리 아버지 – 김양구

아버지의 자서전
출간에 부쳐

아빠께 박수를

　아빠께서 정년퇴임을 앞두고 본인의 삶을 돌아보는 글을 쓰고 계신다고 하셨을 때, 제일 먼저 든 생각은 '과연 우리 아빠답다.'는 것이었다. 아빠는 그런 분이셨다. 일평생 아빠는 눈에 보이는 번지르르한 겉치레보다는 정신적 유산의 힘을 강조하셨고, 중시하셨다. 모교인 덕명초등학교 개교 백 주년 기념행사 때 학교의 백년사 편찬을 맡으신 것도 아빠께서 평소 정신적 가치를 중요하게 생각하셨기 때문이다.

　나는 결혼을 하여 딸을 하나 두었다. 삼십 개월이 지난 귀여운 딸을 보고 있자면, 부모님도 나를 이렇게 키우셨겠거니 하는 생각이 종종 든다.

　부모님 모두 교직에 계셔서 맞벌이 가정에서 유년 시절을 보냈지만, 동생도 나도 부모님의 부재에 따른 결핍감을 별로 느끼지 않았다. 나는 오히려 일을 하시는 부모님이 자랑스러웠다. 엄마가 학교 일로 바쁘시면 아빠께서 적극적으로 가사를 도우셨고 우리들을 돌보셨다.

　우리 남매가 어렸을 때, 아빠께서는 어린 동생을 유모차에 태우고 내 손을 잡고 공원과 놀이터에 갔고 퇴근하는 엄마를 기다렸었다. 엄마가 마중하던 우리 셋을 보고 환하게 웃으셨던 모습이 지금도 사진처럼 선명한 기억으로 남아 있다. 잠자기 전에는 양쪽에 동생과 나에게 팔베개를 해주시고 이야기를 들려 주셨는데 그 이야기는 늘 "옛날 옛날에 경민이와 구양이가 살았는데…"로 시작했었다. 우리는 그게 너무 재미있어서 아버지께서 얘기만 시작하면 깔깔대며 웃었었다. 아침에 일어나면 아빠랑 같이 오목 두던 기억, 무서운 천둥이 치던 밤 우리를 꼭 안아 주셨던 기억, 텐트랑 이것저것 바리바리 짊어지고 버스를 타고 만리포며 꽂지며 여행 다녔던 기억.

아빠께서는 우리들에게 평등하고 민주적인 가장의 모습도 보여 주셨는데 솔선하여 집안청소와 설거지를 맡으셨다. 집안의 중요한 일은 어머니와 상의하여 결정하셨고 우리들의 의견도 청취하셨다. 내가 딸이라서 받는 불이익도 전혀 없었다. 딸과 아들을 공평하고 평등하게 대하셨고, 똑같이 사랑해 주셨다. 나는 우리 아버지가 일찍이 페미니스트셨다고 생각한다. 오히려 성장한 후 사회나 가정에서 여성으로서 받는 차별과 불이익이 존재함을 알게 되었을 때 적잖은 충격을 받았다. 그리고 아빠를 더 존경하게 되었다.

우리 아빠는 우리들의 멘토셨다. 중심을 잡지 못하고 흔들리고 있을 때, 조용히 중심을 지키고 나를 든든하게 잡아 주셨다.

고 3때, 11시 야간자율학습이 끝나면 아빠가 늘 데리러 와 주셨는데 그때 차 안에서 나누는 짧은 대화가 나는 좋았다. 유머러스한 아빠는 늘 긴장을 풀어 주시고 진로에 대한 고민도 들어 주셨다. 서울교대 특차 지원하면서 아빠랑 관련된 두 가지 일화가 생각이 난다. 그중 첫 번째는 아빠가 내가 떨어질까 봐 교대 정시원서를 하나 더 사서 나 모르게 차에 두셨던 일이다. 두 번째는 크리스마스이브에 있었던 일이다. ARS로 교대합격자를 확인하니 불합격이라고 나와서 나는 충격을 받았다. 그때 아버지는 조용히 나를 방으로 데리고 들어가시더니 대학 배치표를 펼치고 정시 지원 대학과 학과를 같이 상의하자고 하셨다. 물론 나는 그때 아빠의 말씀이 귀에 들어오지 않았고 다만 아빠의 평정심이 놀라웠을 뿐이다. 다행히 ARS가 오류로 판명되어 나는 그 해 행복한 크리스마스를 보낼 수 있었고 아빠가 말씀하신 대학들에는 원서를 내지 않아도 되었다.

그 뒤 학교를 졸업하고 교단에 서게 된 후에도 아빠는 많은 조언을 해 주셨다. 현재에 안주하지 말고 열심히 공부하고 노력하여 더 보람 있는 일을 할 수 있게 되길 바라셨다. 아빠께서 보내주신 많은 지지와 기대에 부응하지 못한 것 같아 지금은 죄송스럽기만 하다.

아빠는 늘 꿈을 꾸셨고, 그것을 더 나은 현실로 이뤄 내려 노력한 실천가셨다. 바쁜 사회생활 속에서도 가족을 최우선으로 생각하고 사랑해 주셨다. 성실하고 노력하는 삶을 자식들에게 직접 보여 주셨다. 아빠께 정말 감사한다.

아빠는 이제 평생 일하시고 사랑하셨던 혜전대학을 떠나신다. 나는 그 마음이 어떠신지 헤아리기조차 힘들다. 다만 제2의 인생을 시작하는 마음이 한결 가볍고 즐거우셨으면, 또 아빠 자신의 행복과 건강을 최우선으로 생각하셨으면 한다. 그리고 앞으로도 아빠가 쓰신 글을 계속 읽고 싶다. 아빠의 따뜻한 글들이 묶인 새 책도 즐거운 마음으로 기다리련다.

　사랑하는 우리 아빠!
　정년퇴임을 축하드립니다.
　그리고 아빠의 더 멋진 인생을 기원합니다.

2017년 2월
큰딸 민경

우리 아버지

　저는 정년퇴임을 앞두신 아버지께 퇴임 기념으로 자서전을 내실 것을 청했었습니다. 아버지의 여정이나 생각에 대하여 아들로서 모르고 있던 바를 알고 간직하고 싶어서이고 점점 나이 들어가시는 아버지께도 좋은 기념이 될 것 같아서였습니다. 책으로 출간하기 전에 원고 교정을 도와드리느라 아버지께서 살아오신 이야기를 미리 읽고 느낀 바가 많아 이 글을 쓰게 되었습니다.

아버지께서 걸어오신 여정이 자랑스럽습니다. 퇴임 후 살아가실 아버지의 모습에 대한 기대감과 설렘도 있습니다. 아버지께서 자라고 살아오신 이야기를 오랫동안 기억할 수 있도록 자서전으로 남겨 주셔서 고맙습니다. 아버지의 이야기 속에 녹아 있어 저에게 하시고자 하시는 말씀 잘 숙지하고 제가 세상을 살아가는 데 아버지 기대에 어긋남이 없도록 노력하겠습니다.

아버지께서는 자식들에게 한없이 자상한 분이셨습니다

집안일을 할 때는 아버지께서는 이른 바 남자 일, 여자 일을 가리지 않고 어떤 일이든 솔선하셨습니다. 어머니께서도 교직에 계셨으므로 그렇게 하실 수밖에 없으셨겠지만, 아버지께서 몸소 실천하시는 모습은 우리에게 늘 큰 가르침으로 다가왔습니다. 전 친구들의 아버지도 우리 아버지 같은 줄 알았습니다. 그러나 우리 아버지 같은 분은 그리 흔치 않다는 것을 철이 들어서야 알았습니다.

아버지께서는 우리 남매가 어릴 때부터 우리와 대화하는 것을 좋아하셨습니다. 아버지와의 대화는 늘 즐겁고 유머와 위트가 넘쳤고, 늘 수용적이셨습니다. 아버지께서는 항상 세상을 진보와 보수로 나누어보지 말고, 옳고 그름으로 보라고 말씀하셨습니다.

저와 누나가 어렸을 때, 아버지는 가능한 많은 시간을 할애하시어 우리를 돌봐주셨습니다. 그래서인지 우리 남매는 맞벌이 부모님의 빈자리를 전혀 느끼지 못하고 자랐습니다. 어렸을 땐 세상의 아이들이 다 저처럼 아버지 돌봄을 받으며 자라는 줄 알았습니다. 대학을 졸업하고 사회생활을 하면서 자녀를 위해 시간을 내는 것이 얼마나 어려운지 체험하면서 아버지께서 우리를 돌봐주시느라 얼마나 많은 일들을 포기하셨을까 깨달았습니다.

아버지께서는 착한 아들이셨습니다

아버지는 주로 할아버지, 할머니 곁에서 집안 대소사를 챙기셨습니다. 주말마다 우리와 놀아주지 않고 농사를 지으시는 할아버지 댁에 가시곤 하였습니다. 그때는 어린 마음에 그것이 불만이었습니다. 그러나 성인이 되고 보니, 아버지께서 얼마나 효심이 깊으셨는지 깨닫게 됐습니다.

아버지께서는 늘 검소하셨습니다

아버지께서는 가난했던 시대에 7남매와 함께 자라느라 어려운 시절을 보내셔서인지 매사 낭비와 허례허식을 경계하셨습니다. 제가 생신선물로 사드린 지갑을 수년째 보관만 하고 계십니다. 제 선물을 싫어해서가 아니라 쓰시고 계신 지갑을 버리지 못해서입니다. '어떤 물건이든 나와 정들어 있고 추억이 깃들어 있는 것을 버리면 안 되지. 가장 좋은 것은 나의 추억이 깃들어 있는 것이다.'라고 하셨습니다. 아버지는 어떤 물건이든 새것과 낡은 것, 비싼 것과 싼 것으로 구분하지 않고 자신에게 어떤 의미가 있는 것인가로 구분하십니다. 그러다보니 대부분의 물건들을 더 이상 사용할 수 없을 때까지 쓰십니다. 그럼에도 자식들이 하고자 하는 것은 어떤 것이라도 목적이 바람직하다면 항상 아낌없이 지원해 주셨습니다.

아버지께서는 저를 오늘의 저로 키워주셨습니다.

아버지는 제가 어렸을 때부터 하고자 하는 일이 있을 때 언제든 전적으로 지원해 주셨습니다. 초등학교 때 학교에서 첼로를 배울 수 있는 기회가 있었습니다. 아버지는 이제 교습을 시작한 저에게 최고급 독일산 첼로 줄을 구해 주신 적이 있습니다.

아버지께선 교환교수로 미국에 가셨을 때 우리 가족을 초대하였습니다. 당시 초등학생이었던 저는 어린 나이에 미국인의 가정을 방문하여 그들과 지낼 수 있었고 여러 친구도 만날 수 있었습니다. 그 때의 경험이 외국생활과 외국인에 대한 막연한 두려움을 걷어낼 수 있었고, 대학생이 되자마자 유럽 배낭여행을 하고, 혼자 해외연수, 인턴 등 외국생활을 할 때에도 큰 도움이 되었습니다.

제게는 아버지께서 공부에 대해서는 강요하셨던 기억이 별로 없습니다. 석차에 관해서 큰 의미를 부여하지 않으셨습니다. 결과보다는 제가 열심히 노력했는지 과정을 더 중요하게 여기셨습니다. 제가 어릴 때부터 과정이 바르면 결과는 중요치 않다고 가르쳐 주셨습니다.

저의 진로에 대하여 열린 마음으로 협의해 주셨습니다. 제가 원하는 바를 알려고 노력하셨습니다. 그 길이 어떤 길이든지 제가 스스로 잘 판단할 수 있도록 도와만 주시고 저의 길을 가도록 해주셨습니다.

아버지께
아버지의 자서전은 어떤 내용일까 많이 기대가 됐고, 궁금했습니다. 아버지로서가 아닌 한 남자로서의 아버지의 인생을 글을 통해 서나마 알 수 있게 되어 자식으로서 큰 행운이라고 생각합니다. 용기를 내셔서 아버지 이야기를 들려주신 데 대해 감사드립니다.

아버지는 가난한 농촌에서 태어나 어린 시절을 어렵게 보내셨지만 현실에 안주하지 않았고 항상 꿈을 꾸며 살아오셨습니다. 어려운 환경 속에서도 다섯 형제를 대학까지 진학시키신 할아버지, 할머니의 헌신적인 뒷바라지가 얼마나 힘이 드셨을까 아버지의 자서전을 읽고 깨달았습니다. 할아버지와 할머니의 사랑과 희생은 지금의 아버지를 만드셨고, 지금의 저를 만드셨습니다. 저로 하여금 할아버지 할머니에 대하여 고마운 마음을 갖도록 알려주셔서 감사합니다.

인생의 거의 절반을 보낸 혜전대학에서도 아버지께서는 많은 일을 하셨음을 알게 되었습니다. 혜전대학의 발전을 위해 아버지께서 남기신 흔적은 오랫동안 지워지지 않으리라 믿습니다. 수십 년을 몸담았던 대학을 이제 떠날 때가 되셨습니다. 캠퍼스에 아버지의 노력의 결과가 고스란히 남아있고, 아버지의 제자들은 종종 아버지께서 해주셨던 말씀을 떠올릴 것입니다. 그리고 그 이야기들은 주변사람들과 공유되고 회자될 것입니다. 아버지의 꿈은 다른 분들이 앞으로도 계속 함께 꾸게 될 것입니다.

가장으로서의 아버지는 언제나 다정다감하셨습니다. 우리 가족은 아버지 덕분에 많이 행복했습니다. 어머니께는 자상한 남편이자 동료, 우리 남매에게는 더없이 따뜻한 아빠, 멘토셨습니다. 아버지 덕분에 누나와 저는 성인이 되어 화목한 가정을 이룰 수 있었습니다. 아버지처럼 저도 제 아내와 아이에게 좋은 남편이자 아빠가 될 수 있도록 노력하겠습니다.

이제 아버지께서는 제2의 인생을 시작하실 때입니다. 가장으로서, 교수로서 느끼셨던 중압감 모두 내려놓으시고 온전히 아버지를 위한 시간을 보내셨으면 합니다. 그리고 아버지와 함께 시간을 보낼 수 있는 기회가 아들인 제게도 앞으로 자주 주어졌으면 좋겠습니다.

아버지! 우주만큼 사랑하고 존경합니다.
그리고 오늘의 저를 만들어주셔서 고맙습니다.

2017년 2월
아들 양구 올림